Um dia
perfeito
para
casar

julia strachey

Um dia perfeito para casar

Tradução de
MARIA ALICE MÁXIMO E HELOÍSA MATIAS

1ª edição

EDITORA RECORD
RIO DE JANEIRO • SÃO PAULO
2013

CIP-BRASIL. CATALOGAÇÃO NA FONTE
SINDICATO NACIONAL DOS EDITORES DE LIVROS, RJ

Strachey, Julia Frances, 1901-1979.
S889t Um dia perfeito para casar / Julia Strachey; tradução de Maria Alice Máximo e Heloísa Matias; com novo prefácio de Frances Partridge. – Rio de Janeiro: Record, 2013.

Tradução de: Cheerful Weather for the Wedding
ISBN 978-85-01-40031-4

1. Ficção inglesa. I. Máximo, Maria Alice II. Matias, Heloísa. III. Título.

13-7921 CDD: 823
CDU: 821.111.3

TÍTULO ORIGINAL EM INGLÊS:
Cheerful Weather for the Wedding

Publicado originalmente em 1932 por The Hogarth Press

Texto revisado segundo o novo Acordo Ortográfico da Língua Portuguesa.

Direitos exclusivos de publicação em língua portuguesa somente para o Brasil adquiridos pela
EDITORA RECORD LTDA.
Rua Argentina, 171 – Rio de Janeiro, RJ – 20921-380 – Tel.: 2585-2000,
que se reserva a propriedade literária desta tradução.

Impresso no Brasil

ISBN 978-85-01-40031-4

PREFÁCIO

Julia Strachey me ensinou o que é a amizade. Nasceu na Índia, onde o pai, Oliver Strachey, trabalhava na East India Railway Company. "Eu adorava o papai e era apaixonada por minha mãe", escreveu; a vida de Julia foi "um perfeito paraíso" até ela completar 5 anos quando, com a separação dos pais, foi enviada para a Inglaterra e passou a morar ora na casa de um parente, ora na de outro. Ela era aluna interna na pequena escola cujo externato frequentei; o local foi recomendação de minha mãe, amiga da tia Strachey que tomava conta de Julia, e ficou decidido que

Julia passaria os domingos em nossa casa. Nós nos sentávamos no depósito de feno no alto do estábulo e conversávamos sobre tudo. Tínhamos 8 e 9 anos (eu era um ano mais velha do que ela), mas já falávamos sobre coisas como livre-arbítrio e amor livre. Passamos juntas muitas horas bastante inesquecíveis.

Quando completei 14 anos, fui para Bedales, onde Julia já estudava havia um ano. Não nos víamos com frequência porque, infelizmente, um ano de diferença era muito; lembro-me de ocupar um posto de liderança na escola e de incentivá-la a ser mais participativa. Ela não era uma aluna brilhante, e não gostava de jogos, ginástica, banhos frios depois de praticar esportes, tampouco do "espírito de Bedales". Acabamos por nos afastar quando fui para Cambridge, e Julia, que então morava em Chelsea, passou a frequentar a escola de artes de Slade. Em 1924, ela se mudou para a casa do pai, no número 42 da Gordon Square, no bairro de Bloomsbury, em Londres; quando, em 1926, fui morar com Ralph Partridge na casa vizinha à dela, nossa antiga amizade foi logo reatada.

Infelizmente Julia era uma pessoa desajustada. Esperava receber muita atenção dos homens e era extremamente sedutora, ainda que um tanto distante. Mas de alguma forma ela não alienava as pessoas, todos gostavam muito dela. Por exemplo, Rosamond Lehmann procurou manter um bom relacionamento com Julia apesar de ela flertar insistentemente com seu marido, Wogan Philipps.

Talvez esse comportamento fosse consequência do abandono sofrido por parte dos pais. Ao completar 5 anos, Julia passou a ver a mãe apenas esporadicamente; ela tinha um filho, mas Julia só o viu uma vez. Conta-se que seu pai, ao se encontrar um dia com sua mãe, que se chamava Ruby, teria dito:

— Ruby, você se deu muito bem na vida, quantos maridos já teve? Três, não foi?

— Quatro, Oliver. Quatro.

Em 1927, Julia casou-se com Stephen Tomlin (cuja mãe inspirou a personagem da Sra. Thatcham, de *Um dia perfeito para casar*), mas, na verdade, ela não o amava. O casamento durou quatro anos, findo o qual Julia foi morar em uma casinha na Weymouth Street, onde eu e Ralph também ficávamos durante nossas estadas em Londres. Foram muitos os seus admiradores, mas poucos de seus casos amorosos duraram. "No entanto, nos anos de intervalo entre seus dois casamentos, ela se entregou à vida social, tanto boêmia quanto aristocrática, a festas nas casas de campo e a jantares, aceitando praticamente todos os convites, indo a qualquer lugar para onde fosse chamada", escrevi em meu livro *Julia*, de 1983.

Um dia perfeito para casar foi escrito na casa La Souco, residência da tia de Julia, Dorothy Bussy, em Roquebrune. Por ocasião de uma visita que fiz a essa casa com Julia, anos mais tarde, escrevi em meu diário: "Julia jamais se esquece do fato de *Um dia perfeito* ter sido escrito aqui — o único lugar onde a vida fluía suavemente e ela não encontrava obstáculos para escrever." O livro foi publicado há setenta anos, em setembro de 1932, com sobrecapa desenhada por Duncan Grant. "Virginia Woolf havia pedido a Dora Carrington que assumisse a tarefa quando foi visitá-la em Ham Spray na véspera de seu suicídio, e lhe pediu que fizesse algumas ilustrações, tentando com isto despertar-lhe algum interesse em continuar vivendo, mas foi em vão. O livrinho tinha um tom pessoal e tragicômico reconhecido por vários críticos. Segundo o *New Yo·k Times*, por exemplo, 'este espirituoso texto tem indícios de um humor e de uma capacidade de observação um tanto incomuns'. Depois da publicação, um editor literário do *New Yorker* escreveu a Julia e disse que publicaria qualquer coisa que ela lhe enviasse. (Dizem até mesmo que o livro foi, por algum tempo, indicado como leitura obrigatória para sua equipe.)" (*Julia*)

Em 1939, na época em que frequentava a escola de artes cênicas no intuito de aprender sobre produção teatral antes de escrever uma peça — o que sempre foi uma de suas maiores ambições —, Julia conheceu Lawrence Gowing, o futuro crítico de artes; ele era 17 anos mais jovem do que ela. Uma das primeiras coisas que Lawrence lhe disse foi que havia lido *Um dia perfeito para casar* alguns anos antes e que gostara muito do que lera. Julia escreveu: "Lembro-me perfeitamente disto porque mais tarde tal afirmação provou ser uma grande mentira."

Ela foi muito feliz com Lawrence Gowing nos trinta anos seguintes, 15 dos quais eles estiveram casados. O casal dava gargalhadas com as anedotas um do outro, e ele cuidava dela com devoção. A partir de 1962, depois que Lawrence se apaixonou por uma moça muito charmosa e atraente, uma professora da escola de artes onde ele também dava aulas, eles tentaram por algum tempo viver um triângulo amoroso. Mas infelizmente, após Lawrence e a nova mulher terem filhos, isto não foi mais possível, ainda que Jenny Gowing fosse muito gentil, acho, e demonstrasse um comportamento bastante civilizado. Com isso, Julia acabou tornando-se cada dia mais solitária.

Julia era extremamente esguia e bonita e, na década de 1920, chegou a ser modelo de Poiret. Tinha uma percepção aguçada de detalhes e tudo a seus olhos era muito vívido, e seu humor irônico a tornava muito engraçada. Foi uma excelente escritora que levou o trabalho extremamente a sério. Mas era perfeccionista. Escrevi em meu livro: "Sua natureza altamente crítica (característica da família Strachey) a levava a optar sempre pelos padrões mais altos, fazia com que acreditasse ser esta a única alternativa moral, mas quando as circunstâncias lhe foram adversas, teria sido melhor jogar a toalha e desistir." Tudo que escrevia deveria obrigatoriamente ser bom, e era. Quando li seus escritos, encontrei muitas cópias com pequenas modificações do mesmo texto.

"Julia se via, em minha opinião, como envolta em uma teia de circunstâncias práticas inexoráveis criadas pelo que gostava de considerar como um cosmos hostil. Acordar cedo, fazer compras, manter sempre a pontualidade — atos triviais para a maioria das pessoas — para ela eram obstáculos praticamente intransponíveis, tampouco, creio eu, tinha ela noção de sua ubiquidade" (*Julia*).

Em seu diário, Virginia Woolf refere-se a ela como "uma esbanjadora talentosa"; Julia tinha então apenas 23 anos, portanto essa descrição foi uma espécie de previsão. Mas quando Virginia leu *Um dia perfeito para casar* (publicado pela Hogarth Press, editora pertencente a ela e a seu marido), considerou a história "muito atraente, sagaz, de um humor notadamente ácido... surpreendentemente boa... uma obra extraordinariamente completa, perspicaz e original — que eu não imaginava que pudesse ser tão boa". Acrescentou ainda: "No entanto sinto que Julia é capaz de rasgá-la a qualquer momento — ela é tão estranha, tão fechada, tão reprimida."

Escrevi em 1983: "Julia poupava as energias para as coisas que gostava realmente de fazer: tinha um gosto literário apurado e se lembrava do que havia lido, adorava os animais e era capaz de passar horas entre eles, mas uma vez ela me disse que 'tinha por eles tanto respeito que preferia não possuir um animal de estimação'; tinha fascínio pela natureza humana e submetia os amigos a análises profundas; deleitava-se com a vida no campo, mas necessitava de um tipo de estímulo só encontrado nas cidades. As principais estrelas que habitavam sua galáxia eram Tchekhov, James, Proust e Groucho Marx; ao fazer um elogio, os adjetivos de que mais gostava eram 'elegante', 'erudito', 'criativo' e 'sofisticado'; já para depreciar alguma coisa, empregava os termos 'desarmônico', 'rústico' e 'ingênuo'."

Em 1978, a Penguin reeditou em um único volume *Um dia pefeito para casar* e *The Man on the Pier*, de 1951, também de sua autoria. No entanto, ela não estava bem o suficiente para sentir-se feliz com tal publicação. Philip Toynbee, do *Observer*, considerou *Um dia perfeito* "o menor, porém mais perfeito" dos dois romances; "a observadora é tão perspicaz e tão delicada que seu livro revela, na superfície, o rico absurdo da situação dos participantes e, em um nível mais profundo, o desespero impotente que cada um deles carrega em si mesmos".

Julia viveu seus últimos anos na Percy Street, solitária e triste. Tinha momentos de lucidez, mas a doença a impedia de demonstrar qualquer interesse pela vida, e ela acabava por se perder nos próprios pensamentos. Muitas vezes passeei com ela pelas lojas da vizinhança. Recordo-me de tê-la visitado no hospital de Paddington, já na fase final da doença. Fui sua amiga até o fim.

Frances Partridge,
Londres, 2002

I

No dia 5 de março, a Sra. Thatcham, uma viúva de classe média, casou a filha mais velha, Dolly, de 23 anos, com o honorável Owen Bigham, oito anos mais velho do que ela e pertencente ao serviço diplomático.

O noivado foi curto, como devem ser todos os noivados — durou apenas um mês, mas Owen precisava estar na América do Sul no fim de março para assumir um posto que ocuparia por vários anos, e Dolly aceitara casar-se com ele e acompanhá-lo.

Owen e Dolly casaram-se na casa de campo dos Thatcham. (Os pais dele também possuíam uma residência naquela parte do mundo, do outro lado da baía de Malton.)

Nas primeiras horas da manhã do casamento o céu estava escuro e fazia frio.

Às 9h05, Dolly, a caminho da sala onde seria servido o café da manhã, esbarrou em Millman, a governanta de meia-idade.

— Desculpe, Millman.

— Não foi nada, senhorita. Veja, Lily encontrou isto aqui atrás das gavetas da antiga escrivaninha que ficava no quarto que a senhorita ocupava quando era criança.

Millman entregou a Dolly uma bolsinha quadrada de couro azul, com algumas manchas amareladas e a alça um tanto frouxa.

— Deve ter ficado lá desde o último verão, quando a senhorita tirou todas as suas coisas, lembra-se? E a escrivaninha foi levada para o sótão.

— Meu Deus, Millman! Deve haver todo tipo de preciosidade dentro dela. Centenas de cheques perdidos, meu broche, e talvez até aquele maldito dedal de ouro que não consigo encontrar.

— Bem, dê uma olhada com calma, senhorita. Tenho certeza de que vai encontrar várias coisas perdidas aí dentro.

Millman riu e se retirou alegremente da sala.

Dolly sentou-se a uma pequena escrivaninha ali ao lado e abriu a bolsa. Pouco havia dentro: uma camada de poeira cinza e algo como migalhas de biscoitos no fundo, além de um tíquete cor-de-rosa de ônibus e um velho envelope dobrado com a caligrafia de sua mãe. Abriu o envelope e dele retirou uma carta. Era datada do mês de julho anterior, e o endereço pertencia à residência do Primo Bob, em Hadley Hill. (O sobrenome do Primo Bob era Canon Dakin. Como o pai de Dolly havia morrido e ela não tinha tios, seria ele quem a levaria ao altar na cerimônia de casamento naquela tarde.)

Dolly passou os olhos pela carta. Parecia ser um espécime típico das cartas de sua mãe.

Ela sorriu e começou a ler: "O fim de semana com sua tia B. foi ruim e chuvoso, mas K., Ch., o Sr. F. e P. apareceram e ajudaram-na a escrever os cartões para a M.W.O.S. no próx. sábado, e acabaram formando um grupinho ativo e animado. Você poderia escrever no c. postal anexo e enviá-lo a L., avisando que recebeu o endereço que queria e que ela enviou a você? Almoçamos juntas hoje e ela estava muito preocupada sem saber se o tinha recebido, pois você não respondeu nem agradeceu. Hoje viemos para a nova casa do Primo Bob, em Hadley. Ela é pequena e agradável, bem no alto da Colina H.; um pouco fria, talvez, mas um lugar muito aconchegante quando o tempo está bom! As flores trazem um ar de felicidade e a vista para a antiga igrejinha de Saxon é tão bonita. Estamos a 8 quilômetros de Dinsbury, 12 de Churton." Pronto, agora começam os pormenores, pensou

Dolly, "... a apenas 16 de Great Broddington (12,5 de Broddington), e 24 de Bell-Hill. C. e M., e também P. e W. McGr vieram de L. e saímos para um agradável passeio de carro. Se você seguir pela estrada de Dinsbury a partir daqui e, na rotatória, virar à esquerda em Tiggicombe e cruzar Londres pela Hadley Road, virando à direita, chegará a Wogsbottom, que está a apenas 4 quilômetros de Crockdalton (e não mais do que 4,5 de Pegworth)..." Dolly pulou metade da página que estava lendo e recomeçou de um ponto mais adiante: "É uma grande provação para o Primo Bob saber que 'K' bebe tanto. Já ouvi histórias terríveis sobre ele. Evidentemente, lamento tudo isto! Como ele é estranho! Com pais tão *dedicados*..." Dolly desviou os olhos da carta e ficou com o olhar perdido, distraída. Pensava talvez no primo dipsomaníaco "K" — como a mãe o chamava —, que costumava visitar com frequência a casa dela quando ambos eram crianças. Ou talvez pensasse em Londres e na Hadley Road.

Havia um espelho antigo na parede acima da escrivaninha onde Dolly se sentara.

Era um espelho todo enferrujado com centenas de manchinhas; o metal da parte de trás havia escurecido com o passar do tempo, o que fazia com que a sala de visitas, refletida naquela superfície mortiça, parecesse nadar eternamente em um crepúsculo sinistro, fúnebre, metálico, muito diferente do mundo de verdade do lado de fora. Foi quando se manifestou no espelho um efeito estranho:

Dolly teve a sensação de que a sala de visitas refletia-se nele como num sonho: fantasmagórica, cheia de significados e desprovida de quaisquer indícios de uma existência trivial. Dois livros jogados num canto, o tampo de uma mesa redonda, uma cabeça de lagarto esculpida em um relógio, o encosto e os braços de um sofá surgiam sob a luz acinzentada que vinha de fora; tudo o mais estava às escuras. As samambaias translúcidas que se amontoavam na janela reluziam e se revelavam assustadoras. Era como se ganhassem vida, de certa maneira. Davam a impressão naquele exato momento, de alongar o dorso, arquear ameaçadoramente os corpos serrilhados, retorcendo-se, entrelaçando-se e lançando as compridas línguas bifurcadas umas sobre as outras; tudo isto acontecia como numa terrível compulsão... o que lhe lembrava os relatos dos viajantes das florestas do Congo sobre lutas silenciosas e tentativas de asfixia que pareciam vir da flora local.

Para completar a cena, o rosto branco de Dolly, com seus lábios grossos e acentuadamente curvados para cima nos cantos, seu vestido preto de lã salpicado de pontinhos, vislumbrava-se palidamente à frente das samambaias, como uma orquídea fosforescente brotando solitária num pântano sombrio.

Por cinco ou seis minutos a orquídea pálida e luminosa manteve-se imóvel no centro da superfície escura do espelho. O mais estranho ali era a maneira como os olhos se moviam incessantemente, deslocando-se, perscrutando toda a sala de um lado a outro. E de novo, e de novo... Era estranho — o rosto parecia tão passivo e remoto, e os olhos tão inquietos.

Talvez a luz tenha captado os olhos refletidos sob um ângulo peculiar, o que pode tê-los feito brilhar de modo tão estranho, selvagem, como os olhos brilhantes de uma mulher exaurida e febril.

— Não consigo entender o que está acontecendo com as criadas esta manhã: nove e quinze e o café ainda não está pronto! Atrasando as refeições, era só o que faltava! — exclamou a Sra. Thatcham, que acabara de entrar na sala onde Dolly estava, e percorria as poltronas, uma a uma, ajeitando as almofadas com tapinhas e recolocando-as em seus lugares.

Seu tom de voz demonstrava frieza e certo espanto, e os olhos muito abertos reluziam como duas geleiras.

— Bem, em todo caso, é melhor você se apressar e pedir o *seu* desjejum, querida. Ou então não teremos tempo de aprontá-la e deixá-la bem bonita... Apresse-se, está bem, minha menina?

Dolly jogou tudo na lixeira: carta, tíquete do ônibus e bolsinha de couro, e seguiu para a sala do café.

A Sra. Thatcham ainda permaneceu ali por alguns minutos, percorrendo a sala de visitas com seus pezinhos miúdos, arrancando as pontas mortas dos narcisos nos vasos, ora abrindo as cortinas, ora fechando-as, esfregando o carpete com a ponta dos pequenos sapatos onde via alguma mancha. Tudo isso, como sempre, com uma grande ansiedade no rosto comprido, como se tivesse inadvertidamente engolido uma porção de besouros vivos e começasse a senti-los mexerem-se dentro de si. Ela parou e olhou para o relógio.

— Simplesmente não consigo entender! — foi a exclamação que lhe escapou dos lábios.

Em seguida marchou em direção à cozinha.

II

Por volta do meio-dia, a luz do sol banhava o grande salão dos fundos da casa dos Thatcham, onde a família costumava reunir-se. O vento já começava a uivar, o que era comum ali pois a casa fora construída no alto de uma colina. A cerimônia de casamento estava prevista para as duas horas (a igreja localizava-se convenientemente do outro lado do muro do jardim).

Os raios de sol atravessavam as vidraças e lançavam deslumbrantes formas longitudinais sobre as buganvílias desbotadas da estampa dos sofás e das poltronas de cretone e iluminavam a bandeja indiana de bronze sobre um cavalete onde se viam revistas e livros empilhados. O brilho amarelado refletia o bordado sérvio branco e marrom que cobria o piano, os porta-retratos de prata e os abridores de cartas mouriscos. O fogo da grande lareira estava praticamente imperceptível, com suas chamas quase invisíveis em meio a tanta claridade.

A Sra. Thatcham cultivava muitas plantas em vasos neste salão — narcisos, fúcsias, hortênsias, cíclames. Além destas, hoje havia uma enorme quantidade de jacintos, malvas cor-de-rosa, vermelhas e mosqueadas de todas as variedades sobre uma mesa perto da lareira, e a luz primaveril de um azul metálico que penetrava através da vidraça brilhava sobre suas pétalas pequenas e espessas.

Atirado sobre o sofá, um primo da noiva, Robert, um menino de 13 anos e cabelos negros, lia a revista *The Captain*. Robert tinha os olhos brilhantes como duas ameixas em compota, ou como o mais negro dos melaços, e a tez de um pêssego vermelho-escuro.

Andando de um lado para o outro diante da escada, traçando um caminho com certa pompa e mistério, via-se Tom, seu irmão mais velho.

Tom era um rapaz agradável de se ver, mas, naquele momento, seus olhos azul-porcelana pareciam saltar-lhe do rosto como os de um sapo.

Os dois jovens estavam cuidadosamente penteados, seus cabelos pareciam de cetim, e ambos vestiam impecáveis paletós pretos para o casamento.

— Robert!

Foi como se uma bolha gigantesca, saída das profundezas de um tanque, acabasse de estourar, oca, na superfície, e nada indicava que a figura de Tom, com seus movimentos lentos, fosse a pessoa que tivesse soltado aquele grito.

— Robert!

(Outra bolha estourou, com um som grave e oco.)

— Robert! Robert!

Tom continuava a caminhar de um lado para o outro.

— Robert — agora o som veio suavemente de trás do encosto do sofá, para onde Tom tinha ido sem ser notado pelo irmão mais novo. — Robert — insistiu Tom, suavemente. — Robert. Estou falando com você, Robert. Robert! Robert!

Tom curvou-se sobre o encosto do sofá e falou lentamente e bem baixo, articulando as palavras com muita precisão, como fazem os hipnotizadores:

— Sua mãe gostaria que você subisse até seu quarto, Robert, e trocasse essas meias abomináveis.

O outro não demonstrou sinal de vida.

— Troque as meias, Robert. Não se faça de surdo. Não se aproveite da ausência de sua mãe para ser inconveniente, Robert!

Os pés cruzados de Robert sobre o braço do sofá deixavam entrever uma cor verde-esmeralda entre os sapatos e a calça.

— Robert! Robert! Robert!

Robert jogou *The Captain* no chão, voltou-se para Tom e gritou:

— Cale a boca, seu idiota! — Havia lágrimas em sua voz. — Com que *direito* você acha que pode me aborrecer desta maneira? Seu chato dos infernos!... — irritado, Robert pegou novamente a revista e voltou a ler.

Fez-se silêncio por um minuto. E então, Tom recomeçou.

— Robert, sua mãe gostaria que você subisse imediatamente, tirasse essas meias horríveis, Robert, e as trocasse por um par mais respeitável. Vai fazer este favor, Robert?

— Que diabos você quer? Acabei de trocar as meias por um par respeitável, isso eu lhe asseguro! — gritou Robert, colocando a revista bem diante do rosto. — Vá cuidar de sua vida, está bem?

Robert voltou a ler.

— Estas meias não são apropriadas para um cavalheiro usar em um casamento — disse Tom, curvando-se sobre o sofá.

— Saia já daqui, vá cuidar da sua vida.

Tom afastou-se lentamente pelo tapete macio.

— Você vai deixar que a *sua mãe*...

— Ah, saia daqui e pare de me aborrecer!

Ouviu-se um gritinho agudo de mulher vindo da escada.

— Lily! Vá imediatamente, Lily, estou dizendo a você! Vá logo! Agora! Vá!

Alguém desceu a escada ruidosamente.

— Vá até o quarto de costura imediatamente e diga a Rose que trata aquele broche em cinco minutos! — Kitty, a irmã mais nova de Dolly, entrou correndo na sala.

Era uma moça alta e robusta de 17 anos; tinha as mãos avermelhadas e gorduchas, que, talvez devido ao frio, pareciam postas de carne crua pendendo das mangas do delicado filó amarelo de seu vestido de dama de honra. O rosto volumoso de Kitty estava coberto por uma espessa camada de pó de arroz branco, com uma grande quantidade de ruge, o que lhe dava a aparência de uma máscara pálida com manchas de tinta vermelha nas bochechas.

— Meu Deus, meu Deus! Tom, sei que você está achando que pareço uma idiota completa, além de abominável e pavorosa com este vestido e esta grinalda — gritou ela, correndo para o espelho.

— De forma alguma. Você está bonita, de verdade — disse Tom, fazendo uma reverência formal.

— Ah, sim, você acha! Você acha mesmo! Sei muito bem. Por que então essa reverência tão descabida? LILY! — gritou de repente —, pegue o broche imediatamente! Já estão todos arrumados e prontos para o almoço!

Uma voz distante fez-se ouvir do alto da escada:

— Não consigo encontrá-lo, senhorita...

— Consegue, sim! — bradou Kitty. — Vá buscar Rose. Não ouviu? Não fique aí parada!

— Francamente, Kitty, não aguento mais esta gritaria! — disse uma voz vinda da porta da sala de visitas. — Você não acha melhor subir e falar com elas de perto, talvez?

Uma jovem baixinha e bem-arrumada apareceu sorrindo à porta da sala de visitas, com as mãos nos ouvidos. Era Evelyn Graham, colega de turma e grande amiga da noiva. Usava, sobre o vestido amarelo de dama de honra, um casaco cinza de pele de esquilo, e seu rosto estava todo envolto, até as orelhas, em um macio cachecol de lã. Seus pequenos olhos verdes dançavam e brilhavam, parecendo refletir todas as cores do arco-íris.

— Brrrr, estou mais morta do que viva — exclamou ela com a voz trêmula ao aproximar-se da lareira.

Depois de esfregar as mãos vigorosamente, ajoelhou-se e colocou-as perto do fogo.

— Você parece um mosquitinho adorável e elegante — disse Kitty, admirando-a com um olhar de devoção, enquanto girava a manivela do gramofone. — Quem me dera ser tão elegante e inteligente como você! *Você* deve estar *me* achando parecida com um grande rinoceronte desajeitado e idiota neste vestido de dama de honra. Sei que está! Ah, não fale nada, por favor! Eu imploro!

— Shh, menina, não estou achando nada disso — garantiu-lhe Evelyn. — Meu Deus, como vai ser terrível ficarmos em pé, paradas, na ventania daquela igreja! Sem casacos! Segurando buquês de flores encharcados! De verdade, esses costumes antiquados e obsoletos das cerimônias de casamento não fazem mais o menor sentido, afinal de contas.

— Antiquados... ah... Evelyn! — declarou Kitty, espantada. — Mas qualquer dia desses será você quem vai se casar, e verá, então! Já terá mudado de ideia... Você será uma ótima mãe, eu sei. E Dolly também... apesar de tudo que vocês duas andam dizendo atualmente...

— Não diga tolices, menina — falou Evelyn. — Meu Deus, o que será isso?

Um apito metálico saiu subitamente da boca do gramofone. O som se prolongou e foi se transformando em uma melodiazinha tola. Tigres ferozes pareciam rugir no aparelho também, e um som indistinto ao longe fez lembrar a risada de uma hiena.

Kitty enrolou seu xale de gaze amarela em torno dos quadris e começou a correr de um lado a outro da sala, alegre, como se estivesse dançando. Com os ombros elevados até as orelhas, era um misto de dança escocesa e valsa romântica, porque as pernas moviam-se vigorosamente como dois relâmpagos acertando o chão, enquanto o corpo parecia deslizar em lentas evoluções circulares, tudo ao mesmo tempo.

— Pelo amor de Deus, Kitty, pare! — gritou Robert do sofá, sem desviar da prima seus olhos escuros e brilhantes. — Você me deixa tonto.

— Lily! — gritou Kitty com toda a força dos pulmões, e correu para desligar o gramofone. — *Traga o broche que pedi... imediatamente!*

Os três puseram-se a berrar também, levando as mãos aos ouvidos.

A porta de vidro do jardim rangeu e abriu-se pelo lado de fora. Uma intensa ventania invadiu a sala. As cortinas balançaram e quase foram arrancadas dos trilhos. Ouviu-se um guincho terrível

— Rrrrrrrrrr! —, como um longo e triste gemido na porta de entrada, e os corações dos que ali estavam saltaram de susto ante o mau presságio.

Com a súbita rajada de vento, as bordas do grande tapete da sala levantaram-se, fazendo com que ele ondulasse como uma serpente marinha enraivecida.

— *Milles diables* — murmurou a pequena Evelyn, entortando a boca para o lado em uma careta demoníaca, e levantando a gola do casaco.

A Sra. Thatcham, com um manto vermelho jogado sobre os trajes de cetim do casamento, entrou e fechou a porta atrás de si.

— A tartaruga já colocou a cabeça para fora do casco novamente — disse ela, esfregando vigorosamente os pezinhos no capacho da entrada —, para dar um último adeus carinhoso a Dolly, suponho. Acho que ela sentirá tanta falta desta tartaruga quanto de qualquer um de nós.

Ouviu-se uma porta bater com um estrondo em algum lugar da casa.

— Acho que sim — concordou Evelyn.

O animal foi um presente que Dolly recebera de um jovem amigo, Joseph Patten (estudante de antropologia em uma faculdade de Londres), no verão anterior.

Naquele exato momento Joseph estava sentado sozinho na sala ao lado. Viera de Londres para o casamento.

— Já é meio-dia e meia! — exclamou a Sra. Thatcham, percorrendo a sala com seus olhos claros e alaranjados. — Dolly já subiu para se vestir? — perguntou, fitando Kitty com um olhar cansado.

— Ah, ela está lá em cima há séculos, mamãe — disse Kitty, ocupada em frente ao espelho, arrumando a grinalda. — Mamãe, a senhora não acha que esta roupa está me deixando extremamente ridícula?

— Metade da família ainda não apareceu, e o casamento será às duas horas! — exclamou a Sra. Thatcham. — Seria conveniente se todos nós, que *estamos* aqui, subíssemos e comêssemos alguma coisa. Pedi a Millman que preparasse um lanchinho frio lá em cima no quarto das crianças, só para a família — prosseguiu ela, pondo-se a saltitar até as janelas e, em seguida, a abrir as cortinas de chita, e a ajeitar as almofadas dos assentos sob as janelas.

"Ah, que lindo dia para o casamento de Dolly! Tudo parece tão agradável e bonito, o jardim está muito alegre. Pode-se enxergar até Malton Downs! — A Sra. Thatcham seguiu apressadamente em direção à porta da biblioteca, atrás do sofá. — Ora, mas o que significa isto? — exclamou com um ar de desânimo. Ao abrir a porta da biblioteca ela viu, arrumados sobre uma mesa comprida, pratos com costeletas cobertas com uma geleia esbranquiçada, grandes tigelas com saladas, garrafas de vinho branco, muitos sanduíches e outras coisas mais. — Então Millman serviu o lanche aqui!"

Fez-se silêncio. A Sra. Thatcham olhava com frieza para as costeletas e os sanduíches.

— Estou decepcionada com Millman! — disse. — Ela é realmente um ser estranho. Muito engraçado de sua parte fazer isto agora! E eu disse claramente a ela que servisse o lanche no quarto das crianças... já que a biblioteca deveria estar livre... Ela é mesmo uma pessoa muito estranha!

— Não há nada de estranho, mamãe. Eu ouvi quando a senhora lhe disse especificamente ontem, no fim do dia, que servisse o lanche na *biblioteca*, para que não se precisasse acender a lareira no quarto das crianças hoje.

— Ah, não, minha querida. Você está inteiramente equivocada, eu garanto — repreendeu a mãe. — Eu especifiquei o quarto das crianças... mas não importa, viremos todos para cá então, já que a mesa está arrumada. Robert, meu querido! Acho que essas botas não ficam muito bem em cima do meu lindo sofá... venha agora e coma alguma coisa, meu querido; você ficará doente se continuar aí deitado de cabeça para baixo em frente à lareira. Essa revista que você está lendo, *The Captain*, é boa? Pensei que sua mãe preferisse que você não lesse revistas durante as férias...

Robert seguiu a Sra. Thatcham em direção à biblioteca. Tom, vendo-o de pé, conseguiu alcançá-lo com três passos largos e segurou o irmão pelo cotovelo já na entrada da biblioteca.

— Meu querido rapaz, você *tem* que trocar essas meias! Porque... suponhamos, meu amigo, que algum outro homem de Rugby compareça à cerimônia! Isto pode acontecer, você sabe!

Robert tentou se livrar de Tom, mas ele segurou-o com mais força ainda.

— Imagine o que esse homem dirá quando voltar para a escola, Robert! Ora... a notícia poderá se espalhar! Isto seria terrível! Terrível! — insistiu ele sacudindo Robert pelo ombro. — Pelo amor de Deus, corra e troque estas meias antes que seja *tarde* demais — sussurrou Tom entre os dentes.

— Minhas meias estão perfeitas, meu caro. Não consigo entender por que você está tão agitado — disse Robert. — Acho melhor você cuidar da sua vida.

Robert desvencilhou-se do irmão e dirigiu-se para a mesa do lanche.

Na silenciosa sala de visitas que se abria para o salão, Joseph Patten continuava sentado, solitário.

Ali, a luz, filtrada pela estufa de samambaias com milhares de folhas em vasos sobre pés de ferro, adquirira uma tonalidade verde brilhante.

Joseph, sentado no sofá, poderia ser uma estátua sobre uma pedra verde qualquer, trajando um terno de tweed. Seus cabelos claros, o rosto, a boca, os olhos, os pulsos e as mãos estavam igualmente imóveis e verdes.

Kitty entrou esvoaçante na sala de visitas a caminho da sala de jantar, em busca dos biscoitos de centeio feitos por sua mãe.

Joseph notou a estola de gaze amarela ao vê-la passar.

— Dolly *ainda* não está pronta para descer? — perguntou ele, pela sexta vez naquela manhã.

— Tudo o que sei é que não sei — disse Kitty sem parar, flutuando adiante na sala mal-iluminada.

Ele entrou no grande salão e apoiou-se contra a porta de vidro do jardim, de onde ficou olhando a varanda.

A pequena Evelyn Graham largou sobre a mesa de bronze a revista que estava folheando e juntou-se a ele.

Uma luz metálica amarelada inundava o jardim. Os galhos dos arbustos eram violentamente agitados por um vento selvagem. As folhas listradas de um arbusto bicolor bem junto à porta moviam-se em todas as direções. O vegetal, completamente dobrado pelo vento, parecia curiosamente esmagado no piso de cascalho da varanda e tinha um aspecto artificial, como se uma pessoa pesada e invisível estivesse sentada sobre ele.

— Você percebeu — Evelyn começou a falar, sorrindo — que o único critério de um dia bonito para a Sra. Thatcham é a possibilidade ou não de enxergar até Malton Downs? "Dá ou *não dá* para ver Malton Downs?" É a única pergunta que importa. Sim, porque quanto mais longe se puder enxergar, mais bonito estará o dia! E não somente o dia como também toda a beleza da paisagem dependem totalmente da resposta a esta pergunta. — Evelyn riu e continuou: — E mais ainda, se a Sra. Thatcham conseguir enxergar *dois* condados ao mesmo tempo do topo de uma colina, então o dia estará maravilhoso, e a paisagem, mais maravilhosa ainda. Se for possível ver *três* condados ao mesmo tempo, teremos o auge da beleza, e a paisagem será realmente magnífica; e assim por diante.

O jovem sorriu de leve e, virando a cabeça para longe de Evelyn, continuou sua contemplação silenciosa através da porta de vidro.

Evelyn, ao perceber o olhar distante do rapaz, deixou-o imediatamente e foi juntar-se aos outros na biblioteca.

Joseph, satisfeito por se ver sozinho na sala, sentou-se no sofá ao lado da mesa com os jacintos.

Cinco minutos depois, trazendo uma bandeja com uísque e refrigerantes, Millman parou em seu trajeto até a biblioteca.

— Não está se sentindo bem, senhor? Gostaria que eu lhe trouxesse um pouco de conhaque? Às vezes ajuda a levantar o ânimo quando não se está bem, ou algo assim.

— Não, obrigado.

— Muito bem, senhor. Mas o conhaque está à mão, caso queira um pouco — disse ela e continuou em seu caminho.

Ele então decidiu se juntar aos outros na biblioteca.

Ao passar pela porta almofadada revestida de lã vermelha, ele se viu frente a frente com um homem alto e grisalho, trajando roupas pretas de clérigo, com um rosto esquelético que parecia saído de uma pintura pré-rafaelita de Dante. Era Canon Dakin, ou o Primo Bob de Hadley Hill, como a família costumava chamá-lo.

Cumprimentando Joseph com educada cerimônia, Canon caminhou a seu lado em direção à biblioteca, indagando cordialmente sobre seus estudos em Londres.

Joseph, enrubescendo profundamente e sorrindo com grande embaraço, respondeu às perguntas, caminhando desajeitado e meio de lado junto a Canon, como um caranguejo, esbarrando nos cantos dos sofás, do piano, sempre como se estivesse sendo empurrado. A Sra. Thatcham já dissera uma vez, surpresa, quando andava atrás de Joseph e Dolly em direção à piscina:

— Este rapaz parece andar *para trás*, em vez de seguir à frente. Não consigo entender como ele consegue chegar a algum lugar! É uma pessoa muito estranha!... — Ela não gostava de Joseph. Parecia-lhe que ele sempre dizia coisas desagradáveis e maldosas de propósito na frente de sua filhinha Kitty e dos criados. Joseph frequentemente feria seus sentimentos; em suma, sua presença sempre lhe causava uma sensação de ansiedade.

Canon Dakin e Joseph ocupavam seus lugares à mesa do lanche quando perceberam que um primo ruivo, um jovem de 20 anos apelidado "Lob", já se havia juntado ao grupo da família.

— Ei! Aqui está o an-tro-pop-pó-logo! — gritou Lob, acenando com o garfo em um tipo de saudação a Joseph (ele achava esta ciência completamente ridícula).

— Como vão as palestras? — perguntou Kitty a Joseph, com um jeito exageradamente profundo na voz e na expressão. Era assim que ela se comportava atualmente diante do sexo masculino.

— Muito bem, obrigado — disse Joseph, acrescentando: — Aprendemos sobre os costumes dos ilhéus de Minoa na última palestra. — Dada a resposta, ele se voltou para a costeleta em seu prato.

— Sério? Interessantíssimo! — comentou Kitty.

— Sim, muito. Você gostaria de aprender sobre eles? — prontificou-se Joseph.

— Kitty, minha menina! Kitty! Kitty! Abra um pouquinho a parte de cima da janela, por favor! Está ficando muito abafado aqui, como sempre! — pediu em um tom muito alto a Sra. Thatcham.

— "Vimos dois homens tentando lançar ossos até o Paraíso!" — recitou Lob, erguendo o garfo no ar e enrolando os "erres" sonoramente.

O texto citado era apenas uma das muitas passagens que ele havia lido em um livro de antropologia de Joseph e que gostava de recitar em voz alta nos momentos mais inusitados, sem razão aparente.

A Sra. Thatcham gritou Kitty, que estava perto da janela.

— Traga-me esse abajur que está bem aí, junto de você! Gostaria de mostrá-lo a todos! É um presente de casamento de Dodo Potts-Griffiths, que o motorista acabou de entregar. Ela fez tudo sozinha: pintou, montou e tudo, e é uma peça realmente muito alegre e bonita!

Kitty voltou com o abajur. Tratava-se de um cubo de pergaminho com os lados enfeitados de couro que se juntavam formando grandes pompons pendentes de cada canto da borda inferior. Abaixo de cada pompom havia um nó feito de contas de madeira. Algumas eram roxas e amarelas, outras pareciam feitas de mármore, outras, ainda, tinham minúsculos elefantes e macacos. No pergaminho em si fora desenhado um galeão elisabetano. Acima e abaixo dele (formando duas faixas em torno das bordas superior e inferior do abajur), o acabamento era com folhas em formato de corações.

O galeão e as folhas não eram, de forma alguma, exemplos de natureza-morta, pintados a partir de um modelo, ainda que tampouco fossem esquemáticos. Mais parecia que se havia estabelecido um meio-termo entre todos os galeões elisabetanos e de todas as folhas jamais pintadas em um abajur e, então, desenhado algum tipo de representação deste meio-termo.

O navio tinha sido pintado nas cores ferrugem e laranja. Quanto às folhas, parecia que a artista havia feito uma mistura com um terço de tinta azul, um terço de verde e um terço de ferrugem — e com ela preenchido os contornos.

— E agora me digam, não é lindo? — exclamou a Sra. Thatcham, exibindo o abajur para Canon, com aquele olhar angustiado que sempre acompanhava suas expressões de admiração por um objeto. — Um presente de casamento para Dolly! Tão gentil! — exclamou ela em um tom estridente. Seu rosto era comprido e ligeiramente torto. — Acho mesmo que ela pintou algo muito bonito aqui nas bordas! Creio que sejam folhas de videira, não são? — analisou com tensa ansiedade as bordas desenhadas. — Ah, não! Não podem ser folhas de videira! Estas daqui têm formato de coração... Talvez sejam folhas de avenca — Colocando o pincenê, a Sra. Thatcham percorreu furiosamente o desenho com olhos atentos sob sobrancelhas franzidas. — Sim! É isso mesmo! Folhas de avenca... Muito espirituoso! — disse, e logo tirou abruptamente o pincenê do nariz.

Todos os presentes olharam admirados para o abajur pintado nas mãos da Sra. Thatcham.

Ouviu-se algo como o espirro de um gato, e todos os olhos voltaram-se na direção de onde viera o som.

Joseph, com a cabeça inclinada sobre o prato, tentava conter um tremor e parecia espirrar como um gato a todo o momento. Sim, parecia um gato espirrando.

O grupo logo percebeu que o jovem havia sido acometido de uma crise de riso, e todos se mostraram surpresos, exceto Evelyn, para quem risos e gargalhadas eram como água para os peixes. E assim, ainda que não entendesse exatamente o que estava acontecendo, ela começou imediatamente a rir com Joseph.

O rapaz, aparentemente sem perceber que todos à mesa olhavam para ele, continuou a balançar histericamente a cabeça abaixada, como se sentisse moscas girando em torno de suas orelhas; apoiando-se nas laterais da cadeira, estremecia da cabeça aos pés e chacoalhava-se todo em seu assento, como se estivesse em um táxi em uma pista muito acidentada. Tudo isto se passava em silêncio, exceto durante os acessos de espirros de gato.

Subitamente Joseph sacudiu com vigor o rosto enrubescido e afastou dos olhos os cachos de cabelo com um gesto instintivo, como se tivesse conseguido se controlar. Mas logo voltou a se balançar na cadeira para cima e para baixo, explodindo em espirros cem vezes mais violentos do que os anteriores.

— Alguém parece estar mesmo se divertindo muito — observou a Sra. Thatcham. Ela pegou a colher e o garfo de salada com cabos de chifre e serviu-se de uma porção de maionese de batatas com beterrabas.

Joseph ergueu a cabeça, jogou os cachos para trás mais uma vez e, com um gesto imponente, esticou o braço e alcançou o saleiro, agitando-o sobre o prato, onde fez cair do pequeno utensílio de prata em forma de farol uma chuva de sal sobre sua porção de costeletas, formando círculos que pareciam ter meio metro de diâmetro.

— O que *você* acha do presente da Srta. Dodo Potts-Griffiths? — perguntou Evelyn com os olhos apertados refletindo o verde do jardim iluminado do lado de fora da janela.

Com dois espirros mais fraquinhos, Joseph alcançou uma jarra e pôs-se a servir-se, erguendo e abaixando a jarra sobre seu copo (como um balde que sobe e desce de um poço), produzindo uma corrente fina e contínua de água.

— ... Ah! O abajur? — perguntou ele em tom de surpresa, afastando alguns fios de cabelo da testa. — Bem, sem dúvida foi um ato planejado para agradar, o que, como uma expressão do instinto de manada, foi executado com grande habilidade, sou forçado a reconhecer... e, desse modo, é, de fato, um presente de casamento perfeitamente adequado. — Ele enfiou um grande pedaço de pão na boca, mastigou-o vorazmente e, estendendo a mão, apoderou-se de uma tigela enorme de pavê, passando a servir-se com grande liberalidade.

— Decepcionante! — disse a Sra. Thatcham, suspirando com um som sibilante. Ela esticou seu braço roliço de mulher de meia-idade e segurou o abajur. — Parece que o talento e a dedicação da Srta. Griffiths não foram mesmo reconhecidos *aqui*. — Suspirou novamente e mais uma vez um som sibilante lhe escapou entre os dentes quase cerrados. — Lob, meu querido, espero que todos vocês estejam prontos para ir à igreja. A cerimônia será às duas, vocês sabem! Quero que estejam todos em seus lugares com dez minutos de antecedência. Evidentemente, diverte-me ouvir essas pessoinhas jovens discutindo a habilidade experiente das mulheres da sociedade, com idade para serem suas avós, que já punham em prática seus talentos muito antes de *vocês* serem embalados em seus berços pela primeira vez. No entanto, s-s-s-s-ssh-sh-s-s-s. Tom, passe-me o prato para eu lhe servir mais pavê. Ainda estou *espantada* com a sorte de termos um dia tão maravilhoso para o casamento! — Ela se recostou na cadeira, muito ereta, e pôs-se a girar as finas pulseiras de ouro do pulso esquerdo, sem desviar de Joseph os olhos amarelos inexpressivos.

O discreto espasmo do rapaz havia praticamente acabado. Enquanto duraram, os tremores tinham sido espasmódicos e fortes; e agora, como um pardal que se sacode mais uma vez após o louco frenesi durante três ou quatro minutos em um banho de poeira, ele retornava a seu estado normal, bicando a comida que lhe saltasse aos olhos.

Foi então que aconteceu o que a maioria dos membros mais jovens da família temia. Tia Bella, irmã solteira da Sra. Thatcham, chegou e se juntou ao grupo.

— Ah, os animais estão sendo alimentados na biblioteca! — exclamou Bella cruzando a soleira da porta e rindo calorosamente da própria piada por alguns minutos.

O vestido florido e decotado de renda cinza e a estola esvoaçante realçavam generosamente a pele cor de canela e os olhos negros. Os brincos de diamante que faiscavam e balançavam, a bolsinha cinza de pele de cobra combinando com os sapatos e as luvas pareciam ser novos e caros e faziam pensar em vitrines de lojas exclusivas. Depois de perscrutar a sala, tia Bella sentou-se no patamar do janelão. Já não havia cadeiras disponíveis àquela altura e os mais jovens da família levantaram-se, passando a vagar de um lado a outro, mordiscando sanduíches e *petits-fours*.

— Ah, estou imensamente orgulhosa de meu lindo carro novo! Você nem pode imaginar — sussurrou ela, encantada, em tom de confidência para Tom, que tinha o olhar distante. Bella voltou a rir com gosto e passou o braço do rapaz pelo dela.

— É mesmo? — respondeu ele, curvando-se em uma leve reverência formal.

— Ah, sim! E tenho um motorista que é uma gracinha! Sabe de uma coisa, Tom — ela baixou a voz novamente —, ele me trata simplesmente como se eu fosse... não sei o *quê*!

— Sério?

— ... feita de açúcar ou... ou sei lá de quê, capaz de derreter com qualquer pinguinho de chuva! E é maravilhoso ser mimada e paparicada com tantos cuidados!

— Não diga. É encantador — murmurou Tom, afastando-se em direção à mesa do lanche.

— Não posso deixar de me comover e, cá entre nós, de me divertir com ele! — prosseguiu Bella, buscando com o olhar o ruivo Lob. Ela riu maliciosamente mais uma vez e, levantando-se, andou na direção dele: — Muito bem, Lob! Como tem passado?

Bella pôs-se então a falar-lhe sobre a equipe de criados que tinha em sua casa do outro lado da baía; disse-lhe que ele deveria passar algum tempo lá com ela, para que ambos pudessem rir juntos de todo aquele *ménage*.

— Como você sabe, Lob — sua voz transformou-se num sussurro —, aquelas três pessoas antigas e engraçadas, a lavadeira, a arrumadeira e a cozinheira, estão comigo há trinta anos. Desde que vieram da aldeia para trabalhar! E sim, são tão queridas e singulares. Você sabe como é, não, Lob? Ainda que eu lhes diga o contrário... elas me *paparicam*... como se eu fosse, nem sei... como se eu fosse a Rainha da Inglaterra! Juro!

— Minha cara senhora — respondeu o animado Lob, falando inesperadamente alto e erguendo a taça de vinho contra a luz por um instante —, não me importo nem um pouco com isto! Não! A questão que se apresenta no momento, no *meu* entender, é bem diferente. Trata-se simplesmente disto: seria possível ser um libertino irresponsável sem se gastar muito dinheiro?

Sua tia Bella mostrou-se estupefata.

O fato é que Lob era sempre inconsequente em tudo o que dizia, e hoje, ainda por cima, antes de deparar-se com o vinho, já havia tomado quatro taças do melhor xerez.

— Porque — prosseguiu ele, erguendo o longo dedo anelar —, mantidas as condições atuais, é isto o que pretendo ser.

— O que você quer dizer com "mantidas as condições atuais", meu caro? — perguntou a pequena Evelyn Graham, que estava em pé atrás dele, com seu casaco de pele cinza.

— Ah! Ha! Ha! Ha! — gritou Lob, confuso e divertido e, soltando uma gargalhada, voltou-se para ela com o dedo em riste, mas sem dar uma resposta.

— Lamento saber que você fez planos tão desprezíveis para o futuro nesta idade ainda de jovem inocência — disse a tia Bella aflita, segurando o braço de Canon Dakin, que passava diante dela.

De seu lugar à mesa do lanche, a Sra. Thatcham dirigiu-se a Lob:

— Eu acho, meu menino, que você deveria deixar um pouco de lado essa taça... Por que não vai dar uma volta pelo jardim? O ar fresco vai fazer bem a você. Vá e mostre ao Primo Bob nossa linda plantinha nova, lá embaixo na estufa. (Leve esse menino para respirar um pouco de ar puro, pelo amor de Deus, Bob, eu imploro que não o deixe entrar na igreja nessas condições.) Já está um tanto alegre. Que decepção!

Eis que ninguém menos do que o próprio noivo aparece na sala. Ouviram-se exclamações de surpresa por todos os lados.

Owen era um homem de ombros extremamente largos e pescoço grosso, como um touro; tinha o rosto rosado, comum, terno, ainda que mostrasse uma expressão de preocupação naquele momento.

— Ah, Sra. Thatcham, que coisa mais desagradável! Sei que este seria o último lugar do mundo onde eu deveria estar neste exato momento! — Ele deu uma risada, mas estava realmente encabulado. — O fato é que Dolly ficou com a aliança! Ela a levou à joalheria para alargar e prometeu que a devolveria ao padrinho, mas... bem... parece-me que ela se esqueceu de devolvê-la. — Owen baixou os olhos fitando, com ar de censura, um grande narciso amarelo que parecia sair do vaso em sua direção.

Tom recebeu a missão de ir ao andar de cima buscar a aliança no quarto de Dolly.

O grupo reunido à mesa do lanche dirigiu-se ao salão. Bella, que havia trazido alguns discos para o gramofone, colocou um para tocar.

Cercado por "parentes" que jamais vira antes, Owen passou a circular entre eles, com o rosto radiante e os dentes brancos brilhantes.

— Esplêndido! — exclamava ele pela sala. — Esplêndido! Magnífico! Ah, sim, magnífico! Esplêndido!

— Shhh — sibilou alguém como uma cobra, pedindo silêncio para que se pudesse ouvir o novo disco que tocava no gramofone.

Era a Srta. Spoon, antiga governanta das meninas, quem pedia silêncio.

Owen, assustado, imediatamente sentou-se no sofá para escutar.

O disco mal havia começado e Owen, pouco à vontade, foi acompanhando o ritmo.

— Tá, tá, ti-tá! — dizia baixinho, ao marcar o tempo com o dedo e lançar olhares ansiosos para Kitty, que se sentara a seu lado no sofá.

Ele se curvou em sua direção e sussurrou:

— Esta é uma peça muito importante! Há muito tempo uma das minhas favoritas!

Kitty lançou um olhar inexpressivo em direção ao rosto rosado de Owen, notando em todo seu lado esquerdo uma tonalidade metálica lilás lançada pela luz clara e primaveril vinda da janela. Havia uma expressão extremamente culpada e ansiosa tentando esconder-se por trás dos traços firmes do homem.

Tom, que logo voltou com a aliança, juntou-se ao irmão mais novo atrás do sofá onde Kitty e Owen estavam sentados.

— Robert! Eu peço... eu imploro a você!.. Peço que imagine uma situação, só por um momento! Por favor, Robert? Ouça. Você está lá na igreja, ajoelhado, Robert! A cerimônia está acontecendo: o padre está rezando, a igreja está toda ornamentada com flores, todos, *todos*, estão vestidos da melhor maneira possível, Robert. De repente, você ergue os olhos! Percebe que um cidadão de Rugby olha atentamente para você do outro lado do corredor! Ele sorri curiosamente, Robert. E olha fixamente. Fixamente. *Para suas meias.* — Houve um breve tumulto atrás do sofá e Robert correu para a sala de estar.

Tom o seguiu e chocou-se com a Sra Thatcham ao fazer a curva.

— O quê? Nunca foi a Chidworth! — dizia ela, surpresa, a um estranho de bigodes brancos a seu lado. — (Querido, olhe por onde você está correndo., shhhhhhh.) Ah, o senhor precisa ir a Chidworth! E sabe por quê? Veem-se de lá três vilarejos ao mesmo tempo, se o dia estiver claro! E o lugarejo é tão bonitinho! Os pequenos jardins são tão agradáveis e alegres... E fica a apenas 8 quilômetros de Waddingchitwold, sabia... — ela conduzia seu convidado enquanto subiam pela escada do salão, e murmurou: — Vou levá-lo até o quarto lilás; a vista de lá é muito bonita..

— O quarto lilás? Mamãe, quantas pessoas mais estarão no quarto lilás? — gritou Kitty ao pé da escada. — O Primo Bob! O Sr. Spigott! Tia Bella! Srta. Spoon! Pena que a cama seja tão pequena! — Mas a mãe e a visita já haviam desaparecido e não a ouviram.

Kitty saiu agitada em direção à sala de visitas, onde vira Joseph Patten desaparecer pouco antes. Lá estava ele, sozinho novamente no crepúsculo esverdeado; desta vez, em outra cadeira. Seu rosto refletia-se nos vidros escuros da estufa de samambaias.

— Mamãe torna a vida insuportável aqui nesta casa — queixou-se Kitty, deixando-se cair em uma poltrona. — Ontem, sabe, comecei realmente a temer por sua sanidade mental! Bem, é possível que uma pessoa perca o bom-senso com a idade avançada, não é?

Mamãe chamou Millman: "Millman, diga à cozinheira para preparar mais dois potes de patê de fígado para os sanduíches de amanhã." Tão logo Millman saiu da sala, ela disse: "Kitty! Corra e diga a Millman que não precisaremos dos patês extras, afinal de contas. Encomendaremos mais sanduíches a Gunter, por telefone." E mais tarde, no mesmo dia, ela desce e reclama com a pobre cozinheira: "Cozinheira! Afinal, onde estão os dois potes extras de patê de fígado?" "Ninguém me pediu para fazer mais patê, madame."

— Dolly ainda não está pronta? — interrompeu-a Joseph.

— Não sei. "Não recebi ordens para fazer mais patê de fígado, Madame." E mamãe então disse com raiva à pobre cozinheira: "Quer dizer que Millman se esqueceu de transmitir a ordem? Muito bem! Ela é realmente uma pessoa estranha!"

Kitty parecia cacarejar como uma galinha que acabara de ser apanhada, e fitou Joseph, aflita.

Ele olhava para o outro lado e, com um lenço grande, enxugava alguma coisa no rosto.

— Você não está se sentindo bem, Joseph? Ah, meu Deus, ah, meu Deus, eu estava contando com você como a única luz neste terrível encontro familiar...

Mas o jovem havia se levantado e agora saía rapidamente da sala sem dar ouvidos a ela.

"Bem, tudo isto é realmente triste", pensou Kitty. "Lob é um perfeito idiota. Evelyn acha que eu sou provinciana. Sei que ela acha; tenho certeza. E não quer conversar comigo. Tom fica perseguindo Robert o tempo todo, como um polvo atrás de sua presa no fundo do mar. É mesmo uma cena de arrepiar... Mas talvez haja alguns tenentes da Marinha mais tarde na recepção..." Kitty começou a imaginar alguns rostos másculos e bronzeados em semicírculo a seu redor no bufê, e límpidos olhos azuis voltados intencionalmente para os dela. E começou a pensar em como poderia impedir que esses olhos límpidos olhassem para baixo e vissem suas mãos roliças segurando a taça de sorvete, evitar que de repente percebessem com repulsa como suas mãos eram imensas, grossas e arroxeadas junto à delicada pirâmide de sorvete cor-de-rosa... "Ah, meu Deus, que vergonha dessas mãos! Poxa, que falta de sorte a minha, realmente! Meu Deus! Que falta de sorte!"

III

Enquanto isso, a noiva estava ocupada preparando-se para a cerimônia do casamento.

O quarto de Dolly, revestido de branco em estilo eduardiano, projetava-se sobre a horta da cozinha como um pequeno torreão. Localizado no alto da casa, lá se chegava por uma escada íngreme e estreita. À porta do quarto, tinha-se a sensação de estar suspenso no ar em um balão, ou no interior de um farol. Via-se apenas uma deslumbrante luz branca através das janelas panorâmicas em todos os lados, enquanto da janela em arco na parede oposta à porta brilhava o azul pálido da baía de Malton.

Nesta manhã, visto através de cada uma das amplas janelas, o campo brilhava sob a luz do sol. Nas encostas de uma pequena colina bem próxima, além da estrada de ferro, crescia um denso bosque de aveleiras. Hoje, com o sol que brilhava entre seus galhos nus, estas não pareciam árvores, e sim meras formas diáfanas a flutuar na superfície das encostas — formas em tons marrom, escuras aqui, claras acolá —, brilhando à luz do sol.

E em todo o campo, nesta manhã, os bosques nus pareciam cachecóis marrons de tricô lançados sobre as encostas, ora opalinos, ora opacos, variando de acordo com a luz do sol ou as sombras entre seus tênues galhos cor de bronze.

Em casa, Dolly curvava-se sobre o lavatório de madeira, clareando as sobrancelhas escuras com um creme espumoso, e a água de sabão escorria pelo nariz rosado e lustroso. Seu rosto, ao revelar-se por trás da espuma, exibia uma expressão de aborrecimento e estupefação.

Pelo cômodo arejado circulavam criadas de todos os tipos, trajando saias escuras e blusas brancas, que se abaixavam procurando meias e ligas, ou aqueciam os sapatos e chemises em frente da lareira.

Sobre uma mesa próxima à janela panorâmica via-se um vaso de vidro com um ramo de narcisos compridos. As corolas das flores, com seus miolos cor de laranja, destacavam-se nas pontas de talos esguios. Uma ou duas tulipas anãs vermelhas haviam sido enfiadas entre os narcisos.

Por uma janela parcialmente aberta entravam rajadas geladas de vento que agitavam as flores e faziam ranger e bater os ferrolhos em sons repetidos e irritantes. Sem dúvida, isto era desagradável para quem estava ali; mas como devia ser prazeroso o aroma fresco, doce e primaveril de narcisos que flutuava no ar a cada sopro de brisa que entrava pela janela.

Dolly terminou de lavar o rosto e prendeu cuidadosamente os cabelos negros com fitas vermelhas. Em seguida mergulhou em uma tigela cor-de-rosa sobre a penteadeira algo que parecia uma bolacha de laranja com a qual esfregou todo o rosto muito sério, recobrindo-o com um fino pó levemente amarelado.

O ritual de toalete foi todo cumprido como o teria feito um elefante adestrado num ringue de circo, com movimentos lânguidos e desajeitados, como se seus braços fossem extremamente pesados.

Com Jessop, a criada mais velha de sua mãe, e com a querida amiga Rose, a jovem costureira, Dolly conversava um pouco, mas sua voz parecia o som de um piano com abafador, e mal podia ser ouvida.

Jessop, vestida de preto e com o rosto amarelo e enrugado como um damasco seco e o nariz comprido como o de um tamanduá, circulava pelo quarto como sempre, na ponta dos pés, como se andasse na alcova escura de um inválido. E, como de hábito, exibia uma expressão de dor no rosto pálido, como se tivesse conhecimento de um escândalo prestes a acontecer em algum lugar da casa, e que sabia não ser absolutamente de sua conta. Ela se movia com um tipo de modesta majestade, como se imagina que a realeza costume fazer; e olhava para baixo, com os olhos voltados para o tapete.

— Usei meus sapatos de cetim branco do casamento durante o jantar de ontem, Jessop — murmurou Dolly. — E eles agora estão sujos e manchados nas pontas; não é terrível?

— Tsc! Tsc! A senhorita não deveria ter feito isto — suspirou Jessop, mostrando-se um pouco ofendida. Baixando a voz, ela sussurrou-lhe ao ouvido: — Não faz mal, senhorita! Dê-me os sapatos, e veremos o que se pode fazer. Como a senhorita sabe, passamos muitos e muitos anos nos preparando para essas ocasiões, e sempre aparecem um ou dois probleminhas...

Dolly entregou-lhe os sapatos brancos de cetim.

— Obrigada, senhorita — suspirou Jessop em tom de censura, com os olhos voltados para o tapete.

Ela pegou os sapatos brancos com suas garras enrugadas e afastou-se majestosamente com eles em direção à janela.

Rose era uma jovem de pele clara e muito bonita, com cílios espessos e negros, normalmente muito bem-humorada, que sempre derrubava coisas no chão do quarto de costura, gritando: "Pronto! Lá se vai minha dentadura!", e explodia em seguida numa risada. Hoje, porém, tinha um ar muito solene ao pendurar em um cabide o vestido de noiva de Dolly.

— A princesa Teresa — disse Rose, com sua voz alta e metálica, como o canto de um passarinho (ela se referia a um membro da realeza estrangeira que se casara recentemente com um inglês e cujas fotos estavam em todos os jornais) —, a princesa Teresa teve uma cerimônia de casamento linda, não foi?

Rose fez essa pergunta intencionalmente.

— Quando o padre perguntou à noiva: "Aceita este homem como seu legítimo e verdadeiro esposo?" — continuou —, dizem que a princesa respondeu em voz muito alta para que todos, da primeira à última fila, pudessem ouvi-la. "Aceito!"

Dolly olhou para Rose. Percebeu que ela estava comovida e solene como jamais a vira.

A moça começou a prender na cabeça de Dolly o longo véu de noiva na grinalda de pérolas pontuda como uma estrela-do-mar. O véu, que pertencera à abastada avó portuguesa de Dolly, parecia infinitamente longo e volumoso no pequeno quarto. Camada após camada, os pássaros e as flores rendados agigantavam-se sobre a cama, sobre a cadeira de balanço, a mesa, por toda parte.

Dolly teve a convicção, ao olhar para o longo véu de noiva que se estendia infinitamente, e para as mulheres, também, tão atarefadas em torno dela, que com certeza algo importante e desagradável estava prestes a acontecer em sua vida.

Tinha consciência disto, mas era como se estivesse lendo tudo aquilo em um livro da biblioteca, em vez de estar vivendo, ela mesma, a situação.

— As flores são muito delicadas, não acha? — comentou Rose, indicando o buquê da noiva, feito com lírios e cravos brancos, que estava em uma jarra azul com água no canto do quarto.

— Dolly! — gritou uma voz masculina ao pé da escada.

A porta estava aberta. Dolly reconheceu a voz de Joseph.

"O quê! De novo?", pensou ela.

— Olá! — respondeu, finalmente, baixinho.

Fez-se silêncio.

— Olá! — disse de novo, o que, em seu atual estado de espírito, soou tão alto quanto o miado de um gatinho moribundo.

Silêncio mais uma vez.

— Você já vai descer? — perguntou Joseph, finalmente.

— Não sei. Ainda não estou vestida.

Seguiu-se uma pausa considerável.

— Desça — disse ele por fim.

— Ah, meu Deus! Por que eu *preciso* descer? — murmurou Dolly para si mesma. E em voz mais alta repetiu, desanimada: — Bem... é que ainda não estou vestida.

Mais uma longa pausa, e Dolly presumiu que ele tivesse ido embora novamente.

— Você vai demorar muito? — Mais uma vez a voz de Joseph.

Dolly esperou e disse então, numa voz cantada e descuidada:

— Ah, não tenho a menor ideia... Sinto muito... Não tenho mesmo a menor ideia.

— Bem, estarei na sala de visitas — resmungou Joseph, mas algo parecia abafar sua voz desta vez, e Dolly não entendeu o que ele havia dito. Seus passos se afastaram.

Agora Dolly estava vestida e pronta para o casamento. Disse às camareiras que elas já podiam se retirar. Quando ficou sozinha, saiu farfalhando as longas saias em direção à grande janela e lá sentou-se, sob a luz do sol.

Lá fora, no campo de croquet, via-se uma figura baixa e solitária, com uma capa escarlate que se agitava ao vento. Era a Sra. Thatcham, que examinava algo como uma mancha negra na grama a seus pés.

Ao avistar Whitstable, o jardineiro, com seu chapéu-panamá branco e os bigodes amarelados, caminhando entre os canteiros de repolhos, Dolly abriu a janela e o chamou:

— Whitstable! Foi a tartaruga que voltou? Ali, no campo de croquet?

— Sim, senhorita! — respondeu Whitstable. — Sim! Eu sabia que ela estaria em algum lugar por aqui! Eu a vi uma ou duas vezes no inverno, tentando se acomodar no cano do fogão, e, na verdade, não a censuro por isto.

— Por favor, diga a Millman que peça às meninas que a prepare para a viagem — gritou Dolly. — Vou levá-la comigo para a América do Sul! Ela será muito feliz lá, muito mais do que neste clima frio.

— Sim, senhorita. — O velho Whitstable caminhou com dificuldade em direção à cozinha.

Ele ouviu a voz de Dolly entre as lufadas de vento:

— ... lata de biscoitos de centeio... furos grandes na tampa... folhas de alface!

— Muito bem, senhorita!

O jardineiro saiu do campo de visão de Dolly.

Alguém bateu à porta, que estava aberta. Dolly voltou-se e viu a pequena Evelyn entrar cuidadosamente no quarto segurando uma taça de vinho do porto tinto. Atrás dela vinha Kitty.

As meninas entraram e fecharam a porta. Evelyn sentou-se na cadeira de balanço.

Dolly esvaziou a taça de vinho.

— Não que esteja precisando — comentou. Em seguida enfiou a mão roliça e branca por trás das cortinas e puxou uma garrafa grande com o rótulo "Jamaica Rum", e mostrou-a a Evelyn.

— Com certeza você *não* precisava mesmo do vinho do porto, pelo que vejo — disse Evelyn, percebendo que a garrafa de rum estava pela metade.

Kitty, que abrira a boca pintada de batom vermelho ante a beleza de Dolly, sentada sob a luz do sol vestida de noiva, manteve-a aberta, paralisada, ao ver a garrafa.

— Isto é espantoso, espantoso demais! — exclamou ela, por fim. — Nunca poderia imaginar uma coisa dessas! Uma noiva bebendo rum em seu quarto! Da garrafa! Pouco antes de entrar na igreja para se casar!

— Acha mesmo? — murmurou Dolly, erguendo com surpresa as sobrancelhas negras. — Bem, é verdade, você ainda tem muito que aprender, minha menina, com toda a certeza — acrescentou suspirando.

Kitty tinha os saltos de seus sapatos de cetim amarelo enfiados na barra de bronze da cadeira.

— Lamento dizer, Dolly — disse ela —, mas sob certos aspectos será melhor quando você não estiver mais nesta casa. Não será tão humilhante para os criados, de certa forma.

Dolly riu timidamente.

— Bem... Esta é uma coisa agradável para se dizer à irmã na véspera de sua partida para a América do Sul — murmurou ela.

— Eu a admiro imensamente, Dolly, e também seu modo de ser! — disse Kitty, saltando da cadeira e retornando a ela em seguida. — Sei que você é muitíssimo inteligente! E interessante! E espirituosa também. Mas acho mesmo que você encara certas coisas de maneira absolutamente BESTIAL. Não existe outro termo para isto. Você sabe o que quero dizer...

Até mesmo no dia de seu casamento!... E Joseph lá embaixo, dizendo coisas ridículas, terríveis, todo o tempo...

— Que coisas? — perguntou Dolly, desanimada.

— Ah, não tem importância. Você acharia engraçado, simplesmente.

— Você precisa nos contar! — disse Evelyn.

— Pois muito bem... Eu disse a Joseph que aos ingleses apaixonados falta poesia... Foi assim que a história começou. Eu lhe falei sobre aquele rapaz horrível, o Robinson, em Malton, quando seu carro enguiçou ao me trazer para casa de madrugada, depois de um baile, e tivemos que subir a ladeira às cinco horas da manhã. Robinson, em vez de apreciar comigo o sol nascer, ou de me olhar com ternura, só o que fez foi reclamar, de cara feia, resmungando: "Depois desta noite, meu nome será motivo de chacota em Malton! Meu nome será motivo de chacota em Malton!" "Meu amigo", eu lhe disse, "realmente! Que *diferença* faz que seu nome seja ou não motivo de chacota em um lugar como Malton?" Eu disse a Joseph que tinha inveja de Barbara McKenzie e seu oficial da marinha espanhol, que toca uquelele para ela à luz do luar, e não se envergonha de se mostrar apaixonado. A propósito, Doll, irei à Espanha no próximo outono com Ursula MacTavish e sua família, se mamãe permitir.

Kitty interrompeu o que dizia e examinou cuidadosamente os saltos dos sapatos, dos dois lados.

— Eu disse a Joseph que pensava que *ele* também tocaria uquelele lindamente — acrescentou —, e que não poderia *jamais* imaginá-lo com vergonha de amar uma mulher. Bem, era o que eu *achava*. Então, bem... ele me interrompeu e por algum motivo ficou aborrecido, e começou a me dizer: "Você deve saber, Kitty, que não dou a menor importância a essas suas conversas esnobes sobre estrangeiros, amor, poesia e uquelele. Você precisa entender que ainda existem alguns de nós que não gostam dessas atitudes do mundo feminino. Não estamos habituados a isto, e não queremos isto. É anti-inglês. Meu único objetivo ainda é ser um verdadeiro gentleman inglês respeitável, de mente suja e corpo são, e ainda tenho esperanças de ser um deles. Sim, espero realizar coisas grandiosas e tudo o mais."

Kitty bateu o pé e enrubesceu.

— Eu *odeio* todos vocês quando começam a falar dessa maneira! Um gentleman inglês *não* tem a mente suja, eu lhe garanto! Pode faltar-lhe poesia e ele pode ser um pouco sem jogo de cintura, com certeza, mas mente suja é exatamente o que um gentleman *não* é!

— Como você sabe disto? — perguntou Evelyn da cadeira de balanço.

— Como eu sei? — gritou Kitty, saltando da cadeira ruidosamente e voltando a ela mais uma vez. — O Primo Bob tem mente suja? — (Ela se referia a Canon). — Papai tinha mente suja?

— Terrivelmente suja. Terrivelmente suja — murmurou Dolly, que parecia deprimida, apoiando a testa na mão e o cotovelo roliço no peitoril da janela.

— Você está bêbada! — disse Kitty.

Dolly não contestou.

— Bem, de qualquer maneira, *eu* acho tudo isto extremamente desagradável! — declarou Kitty e saiu do quarto com as faces vermelhas e quentes.

— Vou dizer-lhe uma coisa, Evelyn, há um ano que temos ouvido esse tipo de sermão todo santo dia. — Dolly colocou um pouco mais de rum em um copo. — "Sujo", "limpo". "Gentleman inglês". "Uquelele". A casa toda treme. E o pior de tudo é que as pessoas sentem uma terrível repulsa depois de algum tempo, como quando nos davam pedaços de repolho cozido no almoço e no jantar durante um mês, você se lembra?... Aquele miserável do Joseph não se cansa de chamar a atenção de Kitty com esses assuntos. — Dolly suspirou. — Ele gosta de mexer no vespeiro com uma vareta para depois correr e se esconder e então, é claro, as vespas voam diretamente aqui para cima e picam as pessoas inocentes... — Dolly bebeu o que ainda restava do rum. — Houve uma confusão horrível com o Depósito Público de Pall Mall — prosseguiu ela baixinho, novamente com a testa apoiada na mão lânguida e os olhos voltados para o chão.

— O Depósito Público de Pall Mall! Por quê? O que aconteceu?

— Bem, você sabe que a velha tia Minnie morreu há pouco tempo.

— O quê? — perguntou Evelyn.

A voz de Dolly estava agora baixa demais para ser ouvida. Ela viera diminuindo o tom gradualmente, e, para Evelyn, era como se estivesse tentando ouvir alguém em uma péssima ligação para Firth of Fourth, do outro lado da Grã-Bretanha, no meio de uma tempestade.

— ... eu disse que tia Minnie morreu há alguns meses — repetiu Dolly num sussurro.

— O quê? Ah, sim!

— Ela deixou para serem divididos entre mim e Kitty vários armários cheios de quinquilharias que ela colecionava.

— Hum?

— Bem, mamãe fez uma lista com todos os objetos dos armários antes de enviá-los ao Depósito para serem guardados, de acordo com os requisitos do Depósito. Como você sabe, eu andava muito ocupada comprando coisas para levar para a América do Sul.

Fez-se silêncio. Só se ouviam os estalos da lenha queimando e o repetido som dos ferrolhos frouxos da janela sacudida pelo vento.

Dolly suspirou profundamente.

Depois continuou:

— Parece que a lista não correspondia ao conteúdo dos armários. Aquele brutamonte do depósito, Humble, ou Gumble, ou qualquer que seja o nome, devolveu todas as caixas de quinquilharias na sexta-feira passada. E o resultado foi que fiquei sentada no chão do porão, cercada de velas acesas, separando todos os objetos em um trabalho interminável: velhas moedas espanholas, chaves e sabe-se lá o que mais, enterrada naquilo.

Um gemido escapou dos lábios de Evelyn. Dolly continuou com a voz quase inaudível.

— Mamãe pegou uma bolsinha indiana bordada, imunda, roída por traças e pendurada em fitas e trapos. "Eis aqui um objeto que pode ser utilizado.

Gosto destas coisinhas penduradas. Fico imaginando *qual* teria sido a utilidade desta bolsinha. Arrisco-me a dizer que servia para guardar os alfinetes dos turbantes... sim, uma boa ideia. Acho que este fecho passa por este elo aqui. Mas que bonitinha!" Mamãe não parava de falar, e minhas costas doíam o tempo todo, como se facas estivessem sendo enfiadas nelas.

— Ah, minha querida, lamento muito! — interrompeu Evelyn. — Por que você não me telefonou para que eu fizesse isto, querida? Você deve estar inteiramente esgotada, tendo tantas malas para arrumar além de tudo, e... — Ela olhou desanimada para a expressão de Dolly, que mantinha a cabeça baixa. — Que horror, santa criatura!

Dolly permanecia sentada em silêncio, cabisbaixa. E Evelyn viu com tristeza que lágrimas começaram a rolar e molhar o vestido de noiva de cetim branco.

— Você está cansada, minha querida Dolly. E com razão. Eu gostaria que você não tivesse tomado tanto rum! Mas não se pode fazer mais nada agora. Anime-se, querida, você logo estará tomando banho de mar sob um céu azul. E depois descansando à sombra fresca das palmeiras.

Dolly assoou o nariz.

— Você promete que passará algum tempo conosco? — perguntou baixinho. — Owen insiste em pagar sua passagem. (E ele tem condições de fazê-lo, eu garanto a você). Eu não conseguiria viver lá por muito tempo sem a sua presença. — Dolly soluçou. — Ah, meu Deus. Agora estou com soluço. Ah, meu Deus! E Owen diz que ele também não conseguiria. Ah, meu Deus! Ah, meu Deus!

Evelyn deu sua palavra que iria visitá-la e ofereceu a Dolly um copo com água.

E agora, percebendo que faltavam quinze minutos para as duas horas e que todos haviam prometido à Sra. Thatcham que estariam na igreja dez minutos antes do horário previsto para a cerimônia, Evelyn levantou-se, relutante, e deixou Dolly.

— Pronta, minha menina? — gritou a Sra. Thatcham lá de fora. Ela acabara de passar por Evelyn na escada estreita.

A mãe entrou, arrumou o véu de Dolly, deu uma ou duas ajeitadas em seu cabelo e a beijou.

— Estou orgulhosa de minha linda filha — disse.

Ao ouvir essas palavras doces e — como deveriam ser — pronunciadas com alegre ternura por sua mãe naquele momento, Dolly virou-se bruscamente e, de costas para ela, curvou-se e começou a mexer desajeitadamente no ferrolho frouxo e barulhento da janela.

— Desça, minha querida mãe — murmurou. — Ainda tenho uma ou duas coisas para terminar. Desça. Eu realmente preciso que você me deixe.

A mãe hesitou, mas acabou descendo a escada apressada quando Dolly começou a sacudir o ferrolho e de repente pôs-se a gritar, com o corpo para fora da janela:

— Ah, que ferrolho maldito! Mãe, desça *agora mesmo*!

Dolly continuou parada, de pé, a segurar o ferrolho da janela. A paisagem do campo tremulava sob a luz do sol como um borrão dourado através de suas lágrimas.

Ela se lembrou de uma carta que recebera naquela manhã de uma senhora alemã, uma amiga que morava em Munique. A certa altura a amiga havia escrito: "Um sentimento me assombra o tempo todo, o de que meus últimos anos estão chegando. *Nada* posso fazer para afastar este sentimento, por mais que tente. Eu amo o fogo, a vitalidade, a beleza e o movimento de todas as coisas... e *abomino* ter que ficar sentada numa poltrona, toda encurvada, os dentes caindo um a um... Querida Dolly, eu imploro, viva a vida o mais intensamente que puder enquanto ainda é tão jovem e bonita..."

"Ela está equivocada nesta última frase. Preciso escrever e dizer-lhe", pensou Dolly. "Nem juventude nem beleza fazem as pessoas felizes. É preciso algo inteiramente diferente para tal."

Ela se sentou perto da janela e começou a pensar, mais uma vez, no último verão, passado quase totalmente, minuto a minuto, com Joseph... construindo juntos uma casa de veraneio, navegando para cima e para baixo pela costa em seu barco...

— Nenhuma palavra! Nenhuma palavra, o tempo todo! — gritou ela de repente, bem alto. Ergueu-se num salto. Respirando fundo, começou a sorrir, se é que sua expressão se podia chamar de sorriso. — Muito bem! Ele não liga para mim, e, portanto, não sentirá minha falta!

O vento frio que soprava da janela fez com que Dolly sentisse o rosto gelado, inchado, pálido e manchado. Ela se dirigiu ao móvel de mogno, abriu a gaveta de cima, pegou um lenço e, após alguns minutos, continuou seu solilóquio:

— E, ainda por cima, ele é tão estranho!... — resmungou, relutante, em voz alta.

Ela começou a se recordar de alguns incidentes, mais especificamente de um jantar festivo no hotel de Malton. Discutia-se sobre um determinado tipo de biscoito crocante feito com melaço que parecia uma renda marrom e dura, que chamavam de "amontoado".

— O quê? Você jamais comeu um amontoado! — disse Joseph a seu lado, de repente, espiando por baixo de seu grande chapéu de verão. — Ora, você precisa experimentar um amontoado! Você vai adorar! — Mas a questão era que, pela expressão dele e, mais especificamente seus olhos, Joseph parecia anunciar claramente, com toda a plenitude de seu ser e com violento fervor, não "Você vai adorar", e sim "Eu adoro você."

(Exatamente como em *Felicidade familiar*, de Tolstoi, em que o herói se vira e fala repentinamente à heroína sobre sapos e ela entende, de imediato, que ele quer dizer que a ama. Dolly lera o romance pouco tempo depois.) "A diferença é que o herói de Tolstoi não havia acabado de tomar um aperitivo e algumas taças de vinho, pode-se supor", refletiu Dolly.

"Supondo, apenas supondo", prosseguiu Dolly, "que Joseph virasse para mim agora, cinco minutos antes do casamento, e confessasse finalmente que sempre me amou, me implorasse para fugir com ele pela porta dos fundos, pelos campos, enquanto todos aqui esperavam por mim sentados na igreja, o que eu deveria fazer, afinal?"

— Dolly! — chamou Canon ao pé da escada. Ele estava esperando para levá-la à igreja. — Você sabe que só faltam cinco minutos, não é? Está tudo bem aí?

Todos já haviam saído da casa àquela altura, exceto eles dois.

E uma terceira pessoa: Joseph.

IV

De pé em seu quarto, ao lado de uma mesa de bambu, Joseph olhava fixamente para o papel de parede branco recoberto com ramos de violetas escuras amarradas com fitas cor-de-rosa. Suas faces pálidas estavam molhadas e ele não conseguia parar de tremer da cabeça aos pés, intensamente, como uma mola de ferro.

No turbilhão de sentimentos que o haviam assolado, um tanto inesperadamente, na última meia hora, sentimentos esses contra os quais ele era totalmente impotente para lutar, ou mesmo para encontrar-lhes o fio da meada, vinha-lhe agora uma ideia, por fim, que passou a martelar-lhe a mente aterrorizada.

"Impeça o casamento! Impeça o casamento! Impeça o casamento! Impeça o casamento!..." era só o que conseguia pensar.

Por que, exatamente, ele não tinha ideia, mas depois teria tempo suficiente para refletir sobre isso.

Mas, agora, em cinco minutos seria tarde demais! Tarde demais!

Joseph correu repentinamente em direção à porta e saiu do quarto, gritando em pânico:

— Dolly! Dolly! — E desceu a escada às pressas, de três em três degraus.

Nesse momento, Dolly descia lentamente a escada dos fundos (que ficava mais próxima do quarto dela do que a principal), com o véu de renda enrolado no braço. O tecido volumoso deixava entrever uma rolha e o gargalo de uma garrafa. Na outra mão, segurava o grande buquê de cravos e lírios.

Ao sopé da escada, no escuro, o jardineiro Whitstable a aguardava, com seu chapéu-panamá na mão.

— Perdão, mas será que a senhorita daria um pouco de seu tempo e passaria na cozinha para que minha velha mãe a visse antes da cerimônia? Só meio minuto, se for possível...

Dolly olhou ansiosamente para o relógio e entrou apressada na cozinha.

A velha Sra. Whitstable, sentada em um cômodo afastado, a pequena sala da cozinheira, em uma poltrona de vime, mais parecia o tronco preto decepado e retorcido de um velho elmo do que um ser humano. Embora fosse quase cega e quase surda também, e não tivesse mais a mesma lucidez, ela ficou feliz em ver Dolly (que conhecia desde criança) vestida de noiva; e Whitstable a havia levado até ali em uma cadeira de rodas que pedira emprestada ao ferreiro com este objetivo.

— Não se levante, Sra. Whitstable, por favor! Fique onde está! — exclamou Dolly da porta, mas a velha criatura já havia se erguido com dificuldade.

— Ela já não tem mais a mesma idade, e, na verdade, pensa que a senhorita é ainda uma menininha. E ninguém convence minha mãe de que a senhorita cresceu e é uma jovem agora — apontou Whitstable, como sempre o fazia.

As conversas entre Dolly e a velha Sra. Whitstable transcorriam sempre tão suavemente quanto um disco repetido no gramofone — sem que se mudasse uma nota sequer durante todo o processo.

Dolly, que já estava àquela altura atrasada para o casamento, tentava imaginar desta vez em que momento ela poderia afastar a agulha do disco, por assim dizer, para interromper a conversa.

Enquanto isto, a velha senhora continuava a falar em voz baixa e monótona, não muito mais inteligível do que o vento da noite ao soprar nos arbustos ressecados:

— Ah, eu me lembro de você, quando chegou com o cachorrinho Patch nos braços depois daquele acidente de carro. Ele não estava nem um pouco incomodado com aquilo! Nem um pouco! Só teve um pequeno arranhão na ponta do rabo. Não precisava se preocupar com o velho Patchy!

Este era seu discurso de abertura, sempre. Quem trouxera o cachorro em questão não havia sido Dolly, mas a filha de um fazendeiro da vizinhança; e, na verdade, o acidente não teve qualquer relação com Dolly.

— A memória dela já não é mais como antes... — desculpou-se Whitstable.

A velha senhora encarava fixamente, com os olhos anuviados, o cetim branco que cobria os joelhos de Dolly.

— E agora você cresceu e se transformou em uma moça muito bonita — prosseguiu ela na cantilena de sempre.

"Meu Deus", pensou Dolly, com os olhos no relógio.

— E seu marido será um homem muito bonito. E você terá orgulho dele, e ele terá orgulho de você, e um terá orgulho do outro.

(Essas últimas palavras costumavam deixar Dolly encabulada se por acaso estivesse acompanhada de um rapaz que lhe despertasse interesse, sempre que ela ia até o chalé da velha senhora para levar algum recado de sua mãe. Whitstable sempre a interrompia a essa altura: "Ela não está mais com o juízo perfeito, senhorita!")

Quando conversavam, Dolly evitava olhar para as mãos da Sra. Whitstable, para aquela pele já negra como ébano devido à idade avançada. Pele assim tão escura não costuma aparecer antes da morte. Os ossos e as juntas estavam tão disformes e retorcidos que já não eram absolutamente reconhecíveis como os das mãos de um ser humano.

— É claro que já perdi a visão atualmente — murmurou o vento nos arbustos ressecados —, e alguma coisa parece invadir minha cabeça de repente, e tudo fica preto e roxo na frente dos meus olhos, e eu caio para trás no chão, tonta. Ah, ninguém sabe! Ninguém sabe o que eu sinto crescer na minha cabeça às vezes! E tudo vem de repente! E eu não consigo mais comer nada, imagine! Só pão e água, só pão e água; ou então se alguém trouxer uma boa cabeça de coelho, ou qualquer outra coisa, gosto muito de um caldo feito com *isso*: gosto muito de um caldo feito com uma boa cabeça de coelho.

— Bem, mamãe — interrompeu Whitstable, ansioso —, a Srta. Dolly precisa ir.

“Felizmente acabou”, pensou Dolly.

— Bem, você será uma moça muito bonita, minha querida. E seu marido será um homem muito bonito. E terá orgulho de você, e você terá orgulho dele, e um terá orgulho do outro... Mas, céus! Você cresceu *terrivelmente*! — A velha parou de falar bruscamente. Olhava para cima, para o pescoço e o queixo de Dolly, com uma expressão de horror e perplexidade.

Foi um final um tanto diferente, para variar.

— Ela sempre se recorda dos tempos em que a senhorita era apenas uma menininha — explicou Whitstable. — Acho que só agora ela percebeu que a senhorita cresceu. — Ao dizer isto ele se voltou para Dolly, mas ela já havia ultrapassado a porta antes que ele pudesse fazer um aceno de cabeça apropriado.

Enquanto isto, Joseph, ao ouvir vozes em algum outro lugar da casa, começou a correr pelos cômodos todos, com o rosto branco como papel, à procura de Dolly por toda parte. Por fim ele subiu a escada dos fundos e foi até a escadinha privativa de Dolly, que levava a seu quarto. A porta estava aberta. O quarto estava vazio. Ele viu uma caixa cor-de-rosa com um pó alaranjado derramado no tapete. Um aroma forte de narcisos penetrou suas narinas.

Sobre a cama, uma pilha de lenços de papel azuis se agitava com o vento que entrava pela porta aberta.

O quarto vazio e deserto! O que mais poderia deixá-lo tão deprimido?

O relógio sobre a penteadeira mostrava duas horas e cinco minutos e meio. Será que ela já saiu de casa? A cerimônia estava prevista para começar às duas.

Ele deu a volta e desceu a escada estreita correndo como um louco, e dali para a passagem apertada que levava à escada principal.

— Dolly! — Era Canon que, lá de baixo, chamava a sobrinha.

Então ela ainda estava em casa! Ele desceu ruidosamente a escada principal. Tudo estava vazio. Correu então desesperadamente, primeiro para a direita, até o quarto de costura; depois para a esquerda, onde ficava o quarto das crianças; e então voltou e desceu a escada principal até o grande salão. Ali, finalmente, encontrou Dolly.

Ela estava em pé no meio do salão, com a cabeça baixa, olhando para alguma coisa escura diante de seu vestido de noiva. Quando ergueu os olhos para Joseph, ele pôde ver o rosto dela vermelho como um rabanete e uma expressão de horror estampada nele. Seus olhos espantados pareciam os de uma louca.

— Pelo amor de Deus, o que vou fazer? O que vou fazer? Não posso entrar na igreja assim — exclamou ela segurando a saia e mostrando a ele; sua mão estava manchada de azul-escuro, e havia uma mancha negra no cetim branco, do tamanho de uma chaleira.

Junto a seus pés, via-se um vidro de tinta derramada.

Joseph correu para ela.

— Dolly! Ouça, pelo amor de Deus...

— Diga alguma coisa! Dê uma sugestão! — gritou Dolly com faíscas nos olhos. — Já sei! Corra até lá em cima e pegue um xale na gaveta de minha mãe, por favor!

— Um momento, Dolly, minha querida!

— Vá, vá! Por favor, não demore! — gritou Dolly, batendo o pé. — Na gaveta de baixo! Um xale de renda branca! Rápido! — E ela o empurrou na direção da escada.

Joseph subiu rapidamente os degraus. Encontrou o xale na gaveta.

Quando ele desceu, Dolly já estava na metade do caminho indo a seu encontro.

— Dolly! — ouviu-se a voz aguda de Canon da sala de visitas. — Você realmente precisa vir, minha querida!

— Estou indo, Primo Bob.

— Ajude-me a amarrá-lo em volta da cintura, Joseph, enrole aqui, enrole aqui — E Dolly amarrava o xale de renda com a rapidez de um relâmpago para cobrir a mancha de tinta.

Joseph segurou o pulso esquerdo de Dolly e, apertando-o com força, suspendeu-o no ar afastado dele, como se segurasse uma víbora que lançasse a língua bifurcada em sua direção. Seu semblante estava mudado, parecia desfeito; denotava sofrimento e uma espécie de convulsão, como se um fogo aterrorizante o corroesse por dentro. Sua boca estava tensa e ele lutava contra algo que lhe asfixiava a traqueia.

— Pelo amor de Deus, responda-me uma coisa — disse uma voz estranha que saía de sua garganta.

— Eu responderei a qualquer coisa que você queira nesse mundo *depois* — gemeu Dolly, e seu braço se contorcia tanto que ele foi obrigado a soltá-lo.

— Dolly! Dolly! — chamou novamente Canon.

— Já vou! — respondeu ela. — Prenda isto, Joseph!

Ela enfiou um objeto pequeno e áspero entre os dedos de Joseph.

Ele olhou e viu que se tratava do broche de esmeraldas e pérolas.

— Em cima da mancha, na frente da mancha! Ande logo! — gemeu Dolly.

Engasgado e balançando a cabeça num gesto de desânimo, Joseph ajoelhou-se para prender o xale de renda sobre a mancha de tinta na saia de Dolly.

Olhando para os pontos tingidos em algumas das flores brancas bordadas no cetim, ele resmungou enquanto tentava fechar o broche:

— Como você fez isto?

— Estava tentando colocar a rolha de volta naquela garrafa de rum ali em cima da escrivaninha, só com uma mão, porque a outra segurava o buquê. A danada escorregou, e o frasco de tinta com tudo o mais caiu em cima do meu vestido. Será que alguém já teve tanto azar nessa vida? — Dolly começou a rir de desespero.

— Dolly! — gritou Canon.

— Estou aqui — respondeu Dolly e, desvencilhando-se bruscamente das mãos de Joseph, desapareceu na sala de visitas. Ouviu-se o farfalhar das saias, e depois o barulho da porta do outro lado da sala que se fechava.

— Pronto. Terminou tudo agora — disse Joseph, em voz alta.

Decorrido menos de um minuto, Joseph viu a capota do velho Sunbeam da Sra. Thatcham deslizar pelo outro lado do muro do jardim em direção à igreja. Lembrou-se então que ele, também, já deveria ter partido há muito tempo na mesma direção.

Joseph sentou-se no sofá.

À sua frente, com o corpo pendurado todo torto no corrimão, prestes a escorregar para o chão, ele viu uma grande túnica chinesa vermelha recoberta por um emaranhado de pregas. O sol que entrava pela janela iluminava esse traje e delineava cada uma de suas dobras. Uma fina camada de poeira parecia cobrir a superfície do tecido, que dava a impressão de ser pegajoso ao toque, causando-lhe repugnância.

Joseph recostou-se no sofá e deu um gigantesco suspiro.

— Ainda bem que ela não me permitiu falar! — disse ele. — Talvez ela até fosse capaz de adiar o casamento! E o que eu faria depois?

Os acordes do órgão da igreja chegaram, nítidos, ao salão.

Isto significava que àquela altura a noiva estava sendo conduzida ao altar por seu primo Canon.

Joseph, que imaginava ter os vinte minutos seguintes para se recuperar ao menos parcialmente no sofá, teve uma desagradável surpresa, decorridos apenas três ou quatro minutos, ao ver abrir-se a porta vermelha almofadada.

Uma senhora miúda, quase anã, moradora da aldeia local, entrou, ágil como um mosquito, trajando saia e blusa. Vestia um avental enorme para seu tamanho, mas, em vez do gorro branco das criadas, usava um chapéu preto e reluzente com alguns miosótis desbotados presos de um lado. Caminhava com dificuldade sob o peso de uma grande bandeja de madeira cheia de louça de porcelana dourada.

Ofegante e gemendo, com o rosto redondo, vermelho e brilhante como uma maçã polida, a mulherzinha colocou a bandeja sobre o tapete turco no centro da sala, bem abaixo do lustre.

Dirigindo-se à pequena mesa de trabalho, pegou a pasta vermelha, os porta-canetas, a caixa de porcelana para guardar selos, e levou todos os objetos, de dois em dois, arrumando-os em cima do piano. Depois de esvaziar a escrivaninha, estendeu sobre ela uma toalha de chá bordada.

— Ah... que maldição! — resmungou logo em seguida e, sacudindo a toalha, ela a recolocou, desta vez com o outro lado para cima.

Com um passo para trás admirou seu trabalho e começou a dar risadas que reverberavam, roucas, em seu peito.

Joseph teria atraído sua atenção tanto quanto uma mosca pousada no teto.

— *Nunca* em minha vida servi chá na sala de visitas! Acredite quem quiser. Todos aqueles bolinhos com geleia, tudo aquilo. Não! Decididamente, não! — disse ela, dirigindo-se à bandeja no chão.

E saiu novamente apressada da sala e voltou logo depois, trazendo um prato com pé para o bolo e algumas colheres de chá. Depois de tê-los arrumado, voltou para o meio da sala e, com as mãos nos quadris, dirigiu-se novamente à bandeja de chá no chão.

— O cavalheiro que veio consertar a calefação lá no saguão me disse "*eu* tenho dois", disse ele, "que agora já são dois bitelões parrudos. Mas... meu Deus!...

são mesmo dois demônios!", disse ele. "Bem", falei, "meu filho Teddy é exatamente a mesma coisa", afirmei. "Só faz fumar o tempo todo, com aquelas botas pontudas e tudo o mais. Ora, nem mesmo diabos e demônios aprontam *tanto* assim", concluí. Não! Decididamente, não!

"Será que ela não vai mais sair desta sala?", pensou Joseph.

A mulherzinha se abaixou e começou a tirar as xícaras e os pires da bandeja.

— Sim! Eles vieram e me pediram que eu ajudasse com o chá do casamento e outras coisas mais. Na *minha* opinião (agora eu não sei com que tipo de cavalheiro estou falando nesse momento, lembre-se disto), mas na *minha* opinião... bem, se você quer mesmo saber, casamento é uma grande besteira. — Ela respirou fundo e olhou com desconfiança para as xícaras de chá que tinha nas mãos. — Meu marido morreu há sete anos. *Graças a Deus.* E nunca mais, mas nunca mais *mesmo*, quero saber de me casar de novo!

Fez-se um silêncio durante o qual a mulher continuou a arrumar as xícaras de chá. O órgão recomeçou a tocar lá na igreja.

"Saia daqui! Saia daqui! Saia daqui!", falou bem alto uma voz na cabeça de Joseph dirigindo-se à minúscula mulher.

— Teddy voltou tarde para casa na sexta-feira passada, mais uma vez — recomeçou ela, e Joseph percebeu que ela continuava falando com a bandeja de chá que estava no chão. — Eu já estava deitada. Agora ouça esta. Ele chegou e começou com exatamente a mesma coisa de sempre: "Mamãe, você pode me dar meia coroa esta semana, por favor?" "NÃO, TEDDY. Por que vou dar a você o que eu ganho com o suor do meu corpo para você gastar simplesmente com cigarros e bobagens? De uma vez por todas, NÃO!" E quer saber o que ele fez? Jogou um balde cheio de água fria em cima de mim. Encharcou a roupa de cama e tudo. "MALDITO SEJA VOCÊ, MEU FILHO!", foi o que eu disse.

"Que coisa mais estranha!", pensou Joseph vagamente. Na verdade, ele praticamente ouvira toda aquela falação enquanto se perguntava se conseguiria ter uma conversa com Dolly.

Joseph subitamente se deu conta de que a pequena criatura olhava com espanto para o rosto dele.

— O senhor está sentindo dor em algum lugar? — perguntou ela.

— Dor? Sim... estou.

— Ah, eu percebi! Bem, o senhor é um cavalheiro que tem lindos dentes! — exclamou ela, voltando imediatamente para a mesa de chá e continuando a falar para a bandeja. — Teddy amarrou um pedaço de barbante no dente e ficou a semana toda tentando arrancar. Queria prender a outra ponta na maçaneta da porta, mas...

— As pessoas já estão voltando da igreja. Veja! — disse Joseph apontando para a janela.

A mulherzinha ficou nas pontas dos pés para ver. De fato, os carros estavam começando a passar pelo outro lado do muro do jardim, trazendo a noiva e os convidados de volta para casa, para a recepção.

— Ah! — exclamou a mulherzinha. Parecia decepcionada.

— Estarão entrando aqui em um minuto — advertiu Joseph.

— Acho melhor eu ir logo embora — resmungou a mulher, sem muita convicção. E, recolhendo a bandeja, deixou-o finalmente só.

A agitação normal do casamento começou — mas no outro lado da casa, no grande salão de visitas da frente e no escritório.

Um ou dois convidados, no entanto, seguiram pelo corredor até a pequena sala de visitas.

Joseph ouviu as palavras cochichadas e cautelosas de uma moça:

— Eu sei, evidentemente, que tais assuntos não devem ser mencionados em uma ocasião como *esta*, mas pelo amor de Deus! — E agora, baixando o tom de voz até que se tornasse quase inaudível — ... do tamanho de uma *roda de carroça*... Eu juro!... todo feito de violetas... É verdade!...

— ... Mas como ele conseguiu pagar...? *Sério?*... — sussurrou uma voz feminina diferente.

— Ah, querida, mas você não sabia? *Ele é podre de rico!* — disse baixinho a primeira voz. — Rios de dinheiro! — Ouviu-se uma risada contida.

— Sra. Drayton! — Esta já era uma terceira voz, e Joseph a reconheceu como a voz do pequeno Jimmy Dakin. Era o menino de 7 anos que carregou a cauda do vestido da noiva, o filho caçula de Canon. Sua voz tinha um timbre muito baixo, firme e vagaroso. — A senhora por acaso conhece esta charada? — perguntou Jimmy.

— Que charada, meu bem?

Fez-se uma pausa.

Ouviu-se a voz de Jimmy.

— Sabe qual é a diferença entre o favo de mel e a lua de mel?

— Por Deus! Isto eu não sei.

— A diferença é esta: o favo de mel tem um *milhão* de quartinhos fechados, e a lua de mel tem *um só* Muito boa esta, não acha?

— O quê? Ora, meu querido! Isto é coisa que se fale?

— Foi Lily quem contou esta. Boa, não é?

— Bem, não vá contar esta ao noivo, é tudo o que peço.

Joseph ouviu risadas abafadas.

A Sra. Thatcham abriu subitamente a porta vermelha e entrou na sala com uma tia idosa, que ela acomodou no sofá perto da mesa de chá.

— Pedi que servissem um chá especial aqui, tia Katie, para que assim a senhora ficasse longe da confusão. Ah! *Isto* não está certo! — Os olhos da Sra. Thatcham perceberam a caixa de selos, as canetas, o porta-envelopes e outros objetos, todos amontoados sobre o piano. — Por que todas essas coisas estão em cima do piano? Ah! Agora entendi, para servir o chá, ela deve ter usado a escrivaninha em vez da mesinha de chá! Que coisa mais estranha! Ora, vejam só! A senhora poderia imaginar uma coisa dessas? Shhhhhhh... Muito estranha mesmo!

— Bem, foi a Nellie, aquela louca lá da aldeia, mamãe — exclamou Kitty, que entrara na sala logo depois da mãe. — Eu avisei que ela poderia fazer a maior confusão; veja, o pote de geleia está aqui enfiado no meio dos bolinhos, no fundo da cesta. A senhora já viu algo mais ridículo?

— Bem, não seria esperar demais que ela, a esta altura da vida, fosse capaz de armar uma mesinha de chá. Shhh... Que pessoa mais estranha — disse a Sra. Thatcham, como para si mesma.

— O chá parece delicioso, e isto é só o que importa — arrulhou a velha tia Katie. — Estou simplesmente *morrendo* de vontade de provar aquela geleia de groselha de Cape!

Tia Katie era uma velha senhora magra, com um jeito zombeteiro, que se sentava muito ereta e cujos olhos redondos pareciam botões negros, sempre brilhantes, com uma expressão muito enigmática de intensa felicidade, ou malícia, ou o que fosse, era difícil dizer. Sua roupa tinha três tons de violeta, e ela usava muitas correntes finas de ouro e de prata no pescoço. O nariz naquele rosto pálido e sagaz era vermelho como uma cereja. Uma renda branca, delicadamente enrolada em curvas e volutas com uma estreita fita de veludo preto enroscada formava um peitilho na parte superior de seu vestido. Sua echarpe de gaze num cor-de-rosa do mesmo tom dos cíclames, inefável como asas de borboletas, tinha centenas de pequenas pregas e rendas nas extremidades.

Os chapéus da tia Katie pareciam jardins mediterrâneos em plena floração. O de hoje era estranhamente largo e achatado, e tinha nas bordas vários ramos de cerejas pretas, gerânios roxos e vermelhos, amores-perfeitos salpicados de amarelo, cereais verdes e pontiagudos, como grãos de aveia, ou sabe-se lá o quê. Algumas rosas pálidas prateadas destacavam-se como louras e requintadas nobres inglesas em meio a uma horda de ciganas. Ao vê-las ali, grandes e enrugadas, com uma tonalidade cor-de-rosa acinzentada, podia-se sentir o frio alívio do anoitecer inglês sobrepondo-se ao clarão mediterrâneo.

A velha senhora curvou-se para a frente:

— Você vem tomar chá com sua velha tia Katie? — perguntou ao pequeno Jimmy Dakin, que ali estava em pé, hesitante, em seus trajes de cetim branco, à entrada da sala de visitas.

Jimmy aproximou-se, sentou-se perto da tia-avó, e os dois começaram a tomar chá.

— Ouvi dizer que você tomou chá com seus primos em Boxbridge, na semana passada — disse a velha senhora, estendendo uma xícara para o menino. — Espero que seu primo Roger tenha sido gentil com você. Ele se tornou uma pessoa importante agora; capitão da equipe de críquete da escola, foi o que me disseram!

O rosto de Jimmy era redondo e marrom como um ovo de galinha caipira. Ele era um menino miúdo. Seus traços, de tão pequenos, mal se faziam notar, amontoados que eram no meio do rosto, como todas as groselhas que, por algum motivo, correm para o centro de um cesto. Dois olhos castanhos aveludados estavam sempre à espreita, acima destas minúsculas feições, e, se o olhar curioso de alguém permanecesse por um instante preso no brilho de seu olhar fixo e penetrante, eles imediatamente se furtariam, deixando o espectador cabisbaixo e perplexo diante deste cesto de groselhas, tão modesto e reservado, *comme it faut.*

Joseph, no sofá, olhava desolado para esta dupla à mesa do chá. Impossível dizer adeus a Dolly em qualquer dos outros cômodos, cercados de pessoas estranhas! E agora ali estavam no salão Jimmy e sua tia-avó, e Jimmy comia e falava tão irritantemente devagar que era claro que ambos ficariam ali por duas ou três horas, no mínimo.

— Então, Roger ofereceu-me um prato com bolinhos — disse Jimmy devagar. — Eu peguei um. O bolinho que eu peguei era praticamente do tamanho (praticamente), ou melhor, praticamente da *altura* de um apito.

— Qual é a altura de um apito, meu querido? — perguntou a tia-avó.

— Bem, acho que eu deveria ter dito: praticamente da altura de um apito com uma bola de gude em cima, ou talvez uma caneta (de lado, é claro!) colocada em cima do apito. Bem, quando eu já havia terminado o bolinho, ele me ofereceu um prato com bolo de coco. "Ah, não!", falei. "Não posso comer mais bolo de coco." "Bem, então você quer pão com manteiga, para terminar?", perguntou ele. "Ah, não", respondi. "Realmente, não aguento comer mais. Não. Não posso comer mais pão com manteiga."

Os olhos castanhos de Jimmy mantinham uma sistemática vigilância na sala enquanto ele falava. Percebia-se nitidamente que ele só estava contando sua história para manter a tia distraída.

— Bem, e *aí*, (mesmo assim) ele ainda tentou me convencer a comer mais alguma coisa! Ele me ofereceu um prato com apenas um bolinho. Era do tamanho, eu diria... deixe-me ver agora... da ponta daquela colher de chá com um tíquete de ônibus ao lado...

Joseph pôs-se de pé subitamente e abriu a porta que dava para a biblioteca. O cômodo estava vazio. Fechando a porta rapidamente, mais uma vez, ele saiu para procurar Dolly.

Tia Katie olhava fixamente através da porta de vidro que se abria para o terraço, onde se podia ver um semicírculo de damas de honra, com seus vestidos amarelos agitados pelo vento e seus cabelos esvoaçantes. Dois homens, com capas de chuva enormes, não paravam de fotografá-las com uma câmera sobre um alto tripé. O grupo todo parecia mais morto do que vivo.

— Essas pobres meninas devem estar simplesmente tiritando de frio com esse vento gelado! Eu é que não queria ser fotografada com uma roupa dessas, em um dia tão frio assim!

— Brrr — fez a Sra. Thatcham, escancarando a porta do jardim pelo lado de fora. — Um tanto frio lá fora hoje! — Ela esfregou os pezinhos animadamente no capacho e entrou na sala de visitas.

No mesmo momento, sem ser notada por ela ou por tia Katie, nem mesmo por Jimmy, Dolly (agora trajando a roupa escura com que ia viajar, e com os cabelos soltos sob um vistoso chapéu de veludo cor-de-rosa um pouco vulgar) deslizou ao longo da parede atrás da mesa de chá e dirigiu-se à biblioteca. Joseph a seguiu de perto.

Entraram na biblioteca e Joseph fechou cuidadosamente a porta.

VI

A biblioteca não era muito iluminada, pois onde não havia estantes com livros de couro escuro existiam pesados painéis de madeira pintados de marrom-chocolate, e espessas cortinas de veludo encobrindo as janelas.

O que sobrou do lanche da família ainda estava sobre a mesa comprida. Guardanapos amarrotados e copos embaçados com restos de vinho branco misturavam-se às tigelas com sobras de pavê.

— Mas o que significa isto? — exclamou Dolly em um tom de voz muito alto, pegando alguma coisa escura que estava sobre o banco de madeira perto da janela. Era um saiote escocês de xadrez verde e uma bolsinha de couro. Uma máscara cor-de-rosa de lona caiu das pregas do saiote no chão.

Joseph e Dolly observavam a máscara. Um par de óculos quadrados com aros vermelhos tinha por trás das lentes dois olhos azuis de porcelana; um bigode cor de gengibre ralado acompanhava horríveis dentes falsos que apontavam em todas as direções. Um boné de críquete azul bem pálido estava preso à fronte da máscara.

— Ah, devem ser aquelas coisas que Lob e Tom e os outros usaram para as fotos — disse Joseph.

— Para quê?

— Para mandar para Kitty. Não vamos falar sobre isto agora.

Fez-se uma pausa.

— Por que *motivo* eles fariam fotografias com essas fantasias? — indagou Dolly com a voz alta e nítida.

— Foi uma brincadeira com Kitty. Eles pretendiam enviar-lhe fotos de cada um com uma dedicatória diferente, como os admiradores de Kitty sempre fazem: "Para Kitty... uma recordação daquela tarde maravilhosa em um pomar em Hove...", e assim por diante. Como você sabe, o quarto de Kitty é cheio dessas coisas...

— Entendi.

Dolly sentou-se perto da janela e ficou olhando para o jardim, com o rosto inexpressivo. Quando, por fim, olhou para Joseph, viu um rosto vermelho como uma beterraba a fitar-lhe com um profundo ar de súplica. Ela baixou os olhos rapidamente.

— Você conseguiu encontrar um lugar confortável para instalar sua mãe em Liverpool? — perguntou ela.

— Consegui.

— E suas aulas lá... são por um período de seis meses, não?

— São.

— Você pretende fazer outro curso lá?

— Sim.

— E está realmente gostando do curso, ou detesta tudo?

— Vai ficar tudo bem.

— Você conhece alguém lá?

— Não.

Dolly sentiu que ele olhava suplicante para seu rosto.

— Suponho que você seja apresentado a algumas pessoas — disse ela.

— Ah, não vamos continuar a conversar assim! — exclamou ele subitamente.

Dolly olhou para ele com o canto dos olhos. Joseph estava cada vez mais vermelho, e agora forçava um sorriso apesar da tristeza.

Ela mordeu os lábios e virou a cabeça rapidamente para o jardim; agora também sentia-se ruborizar.

— Mas por que não? Por que não podemos falar sobre isso? Eu gostaria de saber de tudo... verdade, mesmo... — disse ela. Após um momento ela se voltou levemente e o olhou apreensiva e curiosa.

Imediatamente ele deu outro sorriso triste, desta vez um meio-sorriso, mas logo virou as costas para ela, apoiando-se na parede marrom.

Ela percebeu que, apoiado ali, seu corpo tremia todo. Dolly ergueu-se em um salto e colocou o braço em seus ombros.

— Meu Joseph querido! Ah, meu querido. Venha e sente-se aqui — disse, comovida.

Os dois sentaram-se no banco sob a janela.

Dolly continuava com o braço em seus ombros. Ela percebeu as lágrimas que rolavam no rosto pálido de Joseph, mas ele o afastou um pouco, olhando para a parede, e começou a enxugá-las com um lenço.

— Afinal, o que está realmente acontecendo? Você precisa me dizer o que está sentindo — afirmou ela.

Dolly parecia dolorosamente tensa e pouco à vontade. Sentia que havia algo errado entre eles, que alguma coisa indesejável dominava a situação enquanto ambos permaneciam ali sentados junto à janela, ela com o braço nos ombros dele, e ele a chorar.

Joseph, sem parar de tremer, balançou a cabeça em silêncio em resposta às perguntas de Dolly.

— Isto não está certo... — declarou ele com os olhos fixos nas próprias mãos espalmadas. Seu tremor foi ficando cada vez mais intenso, e ele se pôs a soluçar. — Não adianta, por Deus, me perguntar o que está acontecendo — disse rispidamente, buscando fôlego como se tivesse mergulhado em água gelada. – Eu mesmo não sei.

Depois de uma pausa, ele prosseguiu:

— Evelyn disse, há tempos (não a mim), que achava que você estivesse apaixonada por mim.

— Bem, talvez eu estivesse, algum tempo atrás. Mas agora não; já não estou há muito tempo.

Joseph esperou um segundo e, levantando-se do banco, foi sozinho para uma janela mais distante.

— Por que você nunca diz nada a ninguém? — perguntou com raiva. — Você sempre gosta de fingir que está em uma situação superior, que *nunca* precisa da ajuda de ninguém... Por que nunca mencionou seu casamento para mim? — perguntou Joseph, dirigindo a ela um olhar firme agora.

— Nunca mencionei? O que você está dizendo? Você não recebeu a carta que lhe enviei da Albânia? — exclamou ela, indignada.

— Meu Deus! Aquela carta da Albânia! É claro que eu nunca poderia imaginar, por *aquela* carta, que você fosse realmente se casar!

— Não consigo entender por que não — disse Dolly friamente.

— E por que demorou tanto a me dizer? Faz pouco mais de um mês!

— Mas eu só decidi me casar há um mês! — disse Dolly, exaltada. — Bem, de qualquer maneira, para que tanta confusão, meu Deus do céu! Você mesmo não quis se casar comigo! *Nunca* esteve apaixonado por mim.

— Não... não... eu sei disto... — disse Joseph.

Repentinamente ele se afastou dela, começou a respirar fundo e a soluçar novamente, como se estivesse engasgado com um enorme osso de galinha, e a tossir.

Dolly apressou-se e colocou o braço na cintura dele.

Desta vez Joseph virou-se, colocou o braço sobre os ombros dela e ficou a fitar-lhe. Tinha o rosto molhado e sorriu-lhe.

— Querida! — disse ele, e subitamente havia um sentimento verdadeiro em sua voz.

Mal pronunciou esta palavra, a maçaneta rangeu e a porta da biblioteca abriu-se de repente.

Ambos olharam com espanto.

Lá estava Owen, o noivo, com um chapéu-coco e uma manta para a viagem sobre o braço. Um olhar de espanto dominou-lhe o rosto ao ver o casal entrelaçado em pé à sua frente, à meia-luz, ambos com expressão de culpa, e o rosto de Joseph completamente coberto de lágrimas.

— Desculpem! — disse ele após uma breve pausa.

Os dois se afastaram.

— Já é hora de irmos, querida. Todos estão lá fora esperando carinhosamente para nos dar adeus. — Owen recuou imediatamente e fechou a porta de novo.

— Pronto! E agora? — disse Dolly.

A porta abriu-se mais uma vez, mas só uma fresta.

— Desculpe-me interromper, querida, mas o que significa isto de levarmos uma tartaruga ou coisa assim conosco, a bordo do navio? Uma coisa, não sei exatamente o quê... Millman entregou-me uma lata de biscoitos e disse que havia uma tartaruga dentro...

— É isso mesmo. É a minha tartaruga.

— Pode ser a sua tartaruga, querida, mas o que ela vai comer no navio durante a travessia? É o que eu gostaria de saber!

— Mas por que, meu Deus! (Entre, Owen! O que está acontecendo com você?) Com toda certeza há *alguma coisa* em um navio enorme como aquele que uma tartaruga possa comer! Meu Deus do céu!

— Tudo bem, pode ser. Mas também pode ser que *não*, querida.

— O quê? Ela não pode comer ervilhas desidratadas?

— Receio que não, querida.

— Seja como for, ela gosta de comer casquinha de sorvete que eu sei. E esses navios grandes sempre têm muitas.

— Bem... mas espero que você me desculpe pelo que fiz... acho que eu disse a Millman que *não* levaríamos a tartaruga. E agora ela já deve ter sido solta. Lamento muito. A esta altura já deve estar a meio caminho dos campos de Malton onde, creia-me, viverá muito mais feliz do que...

— Meu Deus do céu, não posso acreditar numa coisa dessas! — gritou Dolly, pegando a bolsa e as luvas que estavam sobre a mesa.

A Sra. Thatcham enfiou o nariz pela fresta da porta.

— Ah, aqui está você! — exclamou ela. — Não conseguíamos imaginar onde você pudesse ter ido.

Venha, minha menina; todos estão esperando lá fora; vocês vão perder o navio se não tomarem cuidado. — Enquanto dizia isto, a Sra. Thatcham foi levando Dolly para fora da biblioteca.

À porta da casa uma multidão esperava os noivos: parentes, convidados e (do outro lado) os criados — a Louca Nellie, com a face ruborizada, parecia pronta para explodir de alegria e prazer, apesar de suas convicções acerca da instituição do casamento. O motor do carro estava ligado, com a bagagem arrumada, e um sapato de cetim branco podia ser visto balançando junto a uma maleta de mão.

Kitty chorava, e a pequena Evelyn, lá atrás, tentava disfarçar o pranto. O ruivo Lob lá estava, com um estranho chapéu branco de papel com grandes orelhas que pareciam ser de coelhos; ele revirava os olhos e tinha uma expressão matreira, como se guardasse algum segredo escondido sob o casaco.

Lá fora, na calçada, em torno do automóvel, sob o furioso vendaval de março, todos se sentiam como se pesados tapetes gelados batessem em suas nucas e em seus narizes, e como se o frio penetrasse como facas de aço em suas narinas. Quando algum deles abria a boca, sentia como se grandes porções de algodão gelado fossem imediatamente enfiadas em sua garganta, tirando-lhe o fôlego.

Em meio ao vento cortante e cruel, entre os gritos de adeus e as chuvas de arroz e confete, o bom humor que faltava aos noivos passou despercebido. Eles partiram e desapareceram depois da curva. Sem perder mais tempo, a multidão procurou abrigo novamente, apressando-se o máximo possível.

Todos, exceto os poucos que permaneceriam na casa, partiram em seguida.

Tia Bella entrou solenemente em seu novo automóvel e voltou para sua leal criadagem do outro lado da baía.

A Sra. Thatcham, Kitty, a pequena Evelyn, Lob e os dois meninos voltaram para o salão, um após o outro.

VII

Encontraram tia Katie e Joseph, sentados de frente um para o outro, em extremidades opostas do salão, em silêncio havia dez minutos. Tia Katie entretinha-se com seu baralho, jogando uma partida de paciência "Imperador".

O pequeno Jimmy Dakin, sentado a seu lado no sofá, estava também em silêncio. Joseph, de pernas e braços cruzados, tinha o rosto muito pálido e o olhar perdido.

Subitamente um entrevero começou atrás dos jarros de hortênsias.

— O que foi que eu falei? O que foi que eu falei? *Havia dois homens de Rugby lá!* — disse uma voz aflita por trás das flores, praticamente aos prantos de vergonha.

Seguiram-se mais alguns sussurros irritados e as pálidas hortênsias salpicadas de branco balançaramse perigosamente para um lado e para o outro em seus jarros.

— Crianças, o que está acontecendo? Saiam já daí de trás!

— Aquele homem gordo era ex-aluno de Arbuthnot! — exclamou uma voz sibilante por trás das flores... — Agora estamos desmoralizados. Desmoralizados, ouviu? Maldito seja, Robert, maldito seja!

— Dane-se! — gritou Robert com a respiração ofegante e lágrimas a lhe escorrerem pelo rosto, saindo de trás das flores segurando seu pulso esquerdo, que estava vermelho. — Você não para de me perseguir!

— Saiam da sala imediatamente — ordenou a Sra. Thatcham, acrescentando, perplexa: — Que modos são estes? Criaturas estranhas é o que vocês são! Onde já se viu uma coisa dessas? — Sua voz estava gélida.

Os meninos saíram apressadamente da sala.

A Sra. Thatcham voltou-se para Joseph:

— Por que você não sobe para descansar um pouco, Joseph? Era o que eu faria se fosse você. Vá, meu querido, descanse.

— Não, obrigado. Estou de saída para a estação em dez minutos.

— Bem, então por que não subir para descansar por dez minutos? Você não está fazendo bem a si mesmo nem a ninguém aqui com essa cara triste, meu querido. Suba. Eu iria, se fosse você.

Joseph não se moveu.

— Hetty! — chamou uma voz grave do alto da escada. Era este o nome de batismo da Sra. Thatcham.

Todos os olhos se voltaram para cima.

Uma figura masculina extremamente elegante, vestindo uma túnica vinho com delicada estampa de plumas em tons de cinza e branco, apoiava-se no corrimão. Era Canon Dakin. Os cachos prateados de seus cabelos estavam em desordem e seu rosto parecia pálido e belo à luz muito clara do lance superior da escada.

— Peço desculpas por chamá-la daqui, vestido desta maneira, mas algo muito constrangedor aconteceu. — Ele pigarreou antes de continuar. — Subi rapidamente para meu quarto e despi-me às pressas, pensando em tomar um banho antes de pegar meu trem de volta para Birmingham; bem... hum... quando saí do banheiro, encontrei... bem... ao que parece... roupas íntimas de mulher espalhadas sobre minha cama. Percebi que minhas roupas haviam escorregado da poltrona e caído por trás dela (portanto, naturalmente, não tinham sido vistas pela mulher que evidentemente confundiu meu quarto com o dela). Bem... hum...! Não sei ao certo o que aconteceu. Qual a melhor atitude que posso tomar nestas circunstâncias?...

Enquanto Canon falava, os olhos da Sra. Thatcham desviaram-se em direção a uma figura misteriosa vestida em um quimono japonês cinza, com estampas de grandes cegonhas negras, que surgira timidamente na porta da sala de visitas. Duas longas tranças negras caíam-lhe pelos ombros. A dama acenava com um minúsculo lenço de bolso para chamar a atenção da dona da casa.

— Mas que coisa extraordinária! — exclamou a Sra. Thatcham dirigindo-se a Canon. — Espere meio segundo, Bob, e logo estarei com você. — E foi falar com a dama que acenara para ela da sala de visitas.

Era a Srta. Spoon, que havia sido governanta das meninas.

— Sra. Thatcham, aconteceu algo terrivelmente constrangedor! — Do salão, as pessoas ouviam partes do que estava sendo dito em voz baixa. — Fui tomar um banho... retornei a meu quarto por alguns instantes... penduradas na poltrona!... e todas as minhas coisas que eu colocara numa gaveta...

— Em que quarto você está? — perguntou a Sra. Thatcham em voz muito alta, e colocou seu pincenê como se, ao fazer tal gesto, conseguisse entender melhor. Pela porta aberta, todos puderam vê-la absorta nas cegonhas negras do quimono da Srta. Spoon, como se fossem os pássaros os únicos responsáveis por todo aquele incidente desagradável.

— No quarto lilás, onde a senhora mesma me colocou — disse, ansiosa, a Srta. Spoon.

— Viu só, mamãe? — gritou Kitty do salão — O que foi que eu disse? A *senhora* cismou de colocar todo mundo no quarto lilás. Eu sabia que isso ia acontecer!

Quando esse pequeno assunto foi por fim resolvido, a Sra. Thatcham retornou ao salão. O sol, àquela altura, já havia desaparecido por trás das árvores.

Robert estava de volta ao salão e, sentado junto à janela, lia *The Captain*.

Joseph não havia movido um só músculo.

— Pobre tia Katie, sem uma única alma para cuidar da senhora ou ajudá-la com seu jogo de paciência! — exclamou a Sra. Thatcham olhando ostensivamente para Joseph, mas logo se pondo a andar pelo salão, afofando novamente as almofadas e colocando-as de volta em seus lugares. — Vocês, jovens, *nunca* pensam em outras pessoas além de si mesmos, não é? A mim isto parece muito estranho! — disse ela em claro tom de repreensão.

Kitty, Joseph e tia Katie voltaram-se para a Sra. Thatcham sem entender o comentário. Ela parecia muito interessada no que dizia, e deu a impressão de que teria mais a dizer, mas em vez de continuar, ela pegou uma caixa de bombons que estava na mesinha a seu lado.

— Aceita um bombom, Robert? — Ela atravessou a sala e ofereceu a Robert os chocolates. — Evelyn, um bombom? — E apresentou-lhe a caixa. — Tia Katie? Eles são absolutamente deliciosos! Joseph, sirva-se, filho. — Ao dizer isso, ela colocou a caixa de bombons na mesa novamente.

Jimmy Dakin, a quem os bombons não tinham sido oferecidos, olhava fixamente para o carpete, com o rosto muito corado, parecendo profundamente concentrado nos arabescos turcos abaixo de seus pés.

Passaram-se alguns minutos nos quais os únicos sons eram de mastigação.

A Sra. Thatcham comeu seu bombom de pé diante da janela, com os olhos amarelados fixos nos galhos agitados dos olmos lá fora. Seu pescoço erguia-se muito ereto dos ombros cobertos por um xale de seda marrom.

— Bombons excelentes! — murmurou tia Katie com satisfação.

— Ah, pobre Jimmy! — exclamou Evelyn penalizada. Acabara de notar o rosto rubro do menino. — Não ofereceram bombons a você?

— Agora sim! Eu estava esperando que alguém dissesse alguma coisa — disse Jimmy, ainda muito ruborizado.

— Que lástima! — exclamou Evelyn, passando-lhe rapidamente a caixa de bombons e dizendo que ele pegasse logo vários de uma vez para compensar-se pela oportunidade perdida.

— Bem, na verdade até que foi engraçado — disse Jimmy forçando um sorriso e pegando o chocolate. Mas quando ninguém mais estava olhando, ele enxugou uma lágrima de cada olho com a extremidade rendada da toalha de chá a seu lado.

A Sra. Thatcham pôs-se diante de Joseph, junto à lareira, e ficou olhando pela janela por cima da cabeça do rapaz.

— Vocês, rapazes de hoje em dia, parecem viver melancólicos pelos cantos da casa — disse ela —, sem fazerem o menor esforço para enfrentar as situações, sem se aprumarem para encarar a vida. Ou, pelo menos, se juntarem às outras pessoas para se divertir... Vocês sabem do que estou falando, não?

Ninguém respondeu.

— Entretanto estão sempre prontos, já notei isso, a erguer suas vozes para criticar pessoas velhas o bastante para serem suas avós. — Ela apontou o indicador diretamente para Joseph. — *Você mesmo*, Joseph...

— Ah, mamãe! — exclamou Kitty do canto onde estava.

— *Você*, Joseph, tem tudo o que quer da vida: a profissão que queria, uma educação excelente, todo o dinheiro de que precisa, uma mãe e uma família dedicadíssimas, entretanto parece estar... contra tudo e contra todos! Uma lástima...

No sul da França, quando o mistral sopra sobre o mar, a bela coloração azul da água passa a exibir veios cor de bile e feias manchas violeta — fenômeno realmente chocante de se ver. Algo dessa natureza passou-se então na fisionomia de Joseph. Não fossem os desagradáveis veios amarelos e as manchas escuras bem visíveis em seu pescoço e nas faces, ninguém suspeitaria de que em Joseph, naqueles breves minutos, um mistral estava passando e deixando revoltas as águas mais profundas.

— Nada parece bom o suficiente para você! — prosseguiu a Sra. Thatcham com um tom de perplexidade na voz. — É claro que pode ser uma incapacidade minha para compreender, mas confesso que me é totalmente impossível entender uma coisa dessas!

Joseph, recostando-se no sofá, sem descruzar os braços, ergueu a cabeça e fitou a Sra. Thatcham nos olhos.

— É claro que pode ser incapacidade sua para compreender... e esta pode ser a razão — murmurou ele, pensativo — que, como a senhora mesma diz, seja totalmente impossível entender as coisas que se passam à sua volta. A senhora não consegue compreender por que os dois meninos se portam de maneira tão extraordinária, não é mesmo? Tampouco é capaz de entender por que a Louca Nellie serve o chá de maneira errada, ou por que Canon e a Srta. Spoon acabaram ficando no mesmo quarto. E a senhora não faz a menor ideia do motivo de Millman agir de maneira tão estranha a ponto de servir o lanche na biblioteca em vez de servi-lo no quarto das crianças! Na verdade, a senhora não entende mesmo pessoa ou coisa alguma à sua volta, concorda? "Que maneira estranha a dela!" "Que coisa esquisita!" "É claro que pode ser uma incapacidade minha para compreender!" Quantas vezes por hora a senhora é obrigada a admitir isto?

A Sra. Thatcham o fitava intensamente, como se ele estivesse recitando uma tabuada de multiplicação para ela, algo absolutamente despropositado.

— Por que não se esforça um pouco — continuou Joseph — e não tenta entender um pouco do que tanto a deixa perplexa? Hein? Seria interessante, não?

A voz tranquila de Joseph não se alterou do início ao fim dessa peroração, e seu rosto não exibia expressão alguma.

Ele voltou um pouco a cabeça e seu olhar distraído moveu-se ligeiramente para a esquerda da Sra. Thatcham, em direção à porta da biblioteca. Fez-se silêncio. A velha senhora parecia estar em transe. Todos olhavam perplexos para os dois interlocutores cujos olhos, segundo uma expressão vulgar, estavam a ponto de saltar das órbitas.

— No que concerne a suas próprias filhas, é claro, a senhora sabe menos a respeito delas do que aquela mosca ali no teto — disse Joseph sem sequer voltar a cabeça para ela. — Não deveria ser eu a dizer isso, suponho — continuou ele, pensativo —, mas vou dizer: a *senhora* não sabia que quando Dolly esteve na

Albânia, no outono passado, deu à luz uma criança lá, sabia?

— Ah! JOSEPH! — gritou Kitty.

A Sra. Thatcham tinha os olhos arregalados fixos em Joseph.

— Você está louco! — exclamou ela, passados alguns segundos.

Joseph balançou a cabeça.

— Não, eu não estou louco, creia-me. Isto é absolutamente verdadeiro, mas é claro que a *senhora* seria a última pessoa a saber.

— O quê?

— Eu disse que a *senhora* seria a última pessoa a saber disso. Ora, isso pareceria *demasiado estranho*, não? Tão absurdamente inusitado! Tão inimaginável! A senhora acharia Dolly uma criatura tão estranha por fazer uma coisa dessas que a reação esperada da senhora fez com que Dolly nem sequer tentasse explicar a situação!

Lágrimas rolavam pelo rosto perplexo da Sra. Thatcham.

— Ah, não precisa se assustar com isso — disse Joseph, observando-a. — Ela resolveu o problema com a ajuda da irmã da parteira por lá mesmo. Está tudo muito bem, posso assegurar à senhora.

Kitty pôs-se de pé rapidamente e ficou parada no meio do salão, sem saber o que fazer.

— Do que você está falando? — gritou a Sra. Thatcham.

— Ora, estou dizendo que a senhora é avó, se quer mesmo saber a verdade! Aliás, duas vezes avó, se quer saber! Foram gêmeos! Lamento ser eu a dar a notícia. Então a senhora agora tem dois netinhos albaneses, como dois ratinhos brancos de olhos cor-de-rosa para quem escrever cartas perguntando por que não agradeceram os presentes que mandou, e dizer a eles o quão longe estão de Cocklebank e Niggybottom. Preciso ir-me agora, ou perderei meu trem. Obrigado pelo dia adorável. — Joseph levantou-se de supetão e subiu apressadamente para seu quarto.

As lágrimas rolavam pela face da Sra. Thatcham, que agora tinha uma expressão contraída e distante; ela não parava de assoar o nariz em um minúsculo lencinho.

— Mas qual é o problema dele? O que o levou a falar comigo daquela maneira? — repetia ela sem parar. — Não se poderia supor que...? — acrescentou ela com a voz trêmula, sem terminar a frase.

— *É claro* que não! Não dê atenção a isso, mamãe! Ele está bêbado! É este o problema dele! — disse Kitty, passando o braço pelo ombro da mãe.

— Que maneira ultrajante de falar! — disse tia Katie com a voz suave de sempre. — Eu senti que algo no ar não cheirava muito bem quando ele mencionou os dois pequenos *albaneses* de olhos cor-de-rosa e longas caudas brancas. Bem, eu disse a mim mesma, ela só passou cinco semanas na Albânia, que eu saiba! Meio rápido demais, não?

— Katie! — repreendeu-a a Sra. Thatcham em voz baixa, indicando a presença do jovem Robert junto à janela com um movimento da cabeça grisalha e impecavelmente penteada.

Joseph, ainda com o rosto estranhamente impassível, mas com o coração a lhe saltar com tal força no peito a ponto de mal permitir que ele respirasse, seguia pelo corredor com piso de linóleo que levava até o seu quarto.

Parou junto à janela e ficou olhando para os arcos recobertos de rosas e os repolhos da horta da cozinha, àquela hora iluminada por uma luz crepuscular. Alguém chegou e levou sua mala dali. Ele começou a se sentir mais calmo.

Pensava nas incontáveis vezes em que estivera ali, em diferentes épocas do ano, a olhar pela mesma janela e a pensar em Dolly, desde que a conhecera.

Algo estranho parecia ter acontecido na relação deles; mas ele não conseguia, por mais que se esforçasse, descobrir o que havia sido...

No verão passado, por exemplo, eles tinham sido inseparáveis: montaram juntos uma cabana de férias, navegaram por toda parte no barco dele, ele lhe ensinou a jogar croquet... quantas coisas fizeram juntos! E então a súbita partida dela para a Albânia, logo a Albânia, com uma amiga tola qualquer, e mal retornou foi logo ficando noiva do velho Owen Bigham e marcando o casamento! Sim, havia algo muito estranho em tudo aquilo. Ele se lembrou de um jantar festivo ao qual haviam comparecido em Malton, seguido de uma ida ao cinema.

O dia de verão tinha sido muito quente, e a mesa do jantar fora arrumada junto a um janelão aberto do hotel. Ele e Dolly haviam se sentado juntos, com vista para a praia à sua frente, que àquela hora estava praticamente deserta. Ao se recordar dessa cena, ele foi tomado de um profundo sentimento de melancolia. Lembrava-se de tudo com muita clareza. Rapazes conversavam e fumavam em pequenos grupos. Vendedores de lojas, talvez. Tinham baixa estatura, testas curtas e usavam cachecóis de cor marrom apesar do calor de agosto. Seus risos e gargalhadas chegavam até os dois, bem como a fumaça dos cigarros. A todo instante os rapazes voltavam-se a fim de olhar as pessoas do jantar festivo. Algumas moças de cabelos em desalinho, gorduchas e roliças, passeavam lentamente de braços dados do outro lado da rua. A praia, a rua abaixo do janelão, e todo esse lado da baía estavam imersos nas sombras de fim de tarde; mas o mar adiante ainda estava completamente iluminado pelo sol e era um espetáculo lindo. Toda a baía parecia de vidro azul muito pálido brilhando sob um céu tingido pelo pôr do sol.

Uma faixa de bruma lilás estendia-se ao longo da linha do horizonte, e dessa região erguiam-se tufos de nuvens que captavam os raios rosados do sol poente. As nuvens ali permaneceram, imóveis e voluptuosas, como suspensas, enquanto eles jantavam. Joseph lembrou-se de ter pensado que as rosas brancas presas no ombro do vestido de Dolly fossem cor de salmão, pois captavam a luz do sol poente; lembrou-se também do rosto fascinante e melancólico de Dolly, do seu belo pescoço longo, do seu chapéu de palhinha. Tudo parecia brilhar como a ponta acesa de um cigarro.

Haviam servido pescada frita e outras comidas de que eles não gostavam, porém o vinho, um burgundy tinto, não fora nada mau; talvez devesse a ele o fato de se sentir tão extraordinariamente feliz — tão despreocupado, tão extravagante! Depois do jantar, todos partiram a pé para o cinema pelas ruas estreitas de Malton. Ainda parados à saída do hotel, tinham observado como todas as pessoas, as casas, as calçadas e tudo o mais haviam assumido o tom violeta do crepúsculo. Sentiam no rosto o ar morno do dia, que cheirava a lilás, ou heliotrópio, ou a alguma outra flor desse tipo. Joseph e Dolly deixaram-se ficar para trás na caminhada. Acabaram por perder-se do grupo... Acima de tudo, porém, ele se lembrava de ter sido ali que se dera conta de seu amor por Dolly. Apesar de ele *nada lhe ter dito*, sabia que ela tinha certeza disso. Ela o amava também.

Entretanto, o que Dolly sentia por ele não deveria ter sido amor, mas alguma espécie de falsa emoção, achava ele agora.

Ali de pé diante da janela, junto à mesinha de bambu, olhando para os canteiros de repolho separados por trilhas de pedrinhas naquela tarde fria de março, ele se dava conta de que a Dolly com quem caminhara pelas ruas estreitas naquela noite do verão anterior não era a mesma Dolly que acabara de se casar naquela tarde, e de que mesmo ele pouco tinha a ver com aquele jovem que com ela caminhara naquela noite em Malton. E compreendeu que algo de muito errado havia se passado entre eles naquele curto período de tempo; algo dera errado, e Joseph se sentiu trapaceado. Mas ele corria perigo de perder o trem, e não tinha tempo para deslindar aquilo agora.

Joseph deu as costas para a janela e saiu do quarto. "Melhor é ter amado e perdido do que nunca ter amado", pensou, concordando, amargurado, com o poeta. "No próximo mês de agosto, quem levarei para passear comigo em meu barco?", perguntou-se ele.

Um terrível sentimento de depressão parecia avolumar-se dentro dele. Ia apossando-se de todos os seus nervos e tornando-se cada vez mais intenso, como uma forte náusea. Sentia o estômago como se fosse de chumbo; na verdade, todo ele por dentro parecia congestionado, a sufocar-lhe. Algo estranho, frio e pesado. Quando chegou ao topo da escada, ele ouviu o telefone tocar no corredor abaixo.

— Ah, sim, é *você*, Dodo! — atendeu a Sra. Thatcham em um tom de voz muito alto.

Ao ouvir aquela voz, Joseph parou instintivamente no alto da escada.

— Ah, muitíssimo obrigada! Sim, realmente! Tudo correu às mil maravilhas! Esplêndido! — dizia a Sra.

Thatcham, evidentemente falando com a Srta. Dodo Potts-Grifftihs.

Joseph sentiu a cabeça pesada como uma bala de canhão, e o pescoço fraco como uma meada de lã. Apoiou-se então na parede forrada de papel florido e ali recostou a nuca por alguns instantes. A Sra. Thatcham continuava a falar muito alto e animada ao telefone:

— Não poderia ter decorrido de maneira melhor! Sim... terrivelmente lamentável que você não pudesse ter vindo até aqui. Mas seu abajur foi apreciadíssimo! Não tenha dúvidas! Todos o admiraram imensamente! Literalmente todos! Imensamente! Tão maravilhosamente criativo! E tão alegre também! Ahhh... Muito, muito obrigada, querida. Sim, é claro... o tempo esteve perfeito. Um dia maravilhosamente ensolarado! Linda tarde para um casamento! A velha igrejinha estava linda, toda iluminada pela luz do sol. Você nem imagina! As damas de honra estavam umas graças em seus vestidos amarelos. Tudo muito alegre! Ahhh... você precisava ter visto!

O salão lá embaixo, a Sra. Thatcham, a casa toda, com tudo que nela havia, perdeu subitamente qualquer interesse para Joseph. Em uma fração de segundo, ele se deu conta de que nada daquilo tinha a ver com ele. Aquela cena — ele sentado no alto da escada, e a família de Dolly no salão lá embaixo — parecia-lhe algo visto pelo lado errado de um longo telescópio. O zumbido em seus ouvidos foi ficando cada vez mais alto. Uma voz muito clara dentro de sua cabeça conseguiu atravessar o angustiante zumbido e dar-lhe uma informação:

— O que você precisa é de umas boas doses de conhaque — disse a voz.

"Sim, conhaque", pensou ele. É uma boa ideia. Lembrou-se então de que Millman lhe dissera algo sobre conhaque no início da tarde. Qual a maneira mais rápida de achar Millman àquela hora? Pensando melhor, foi ele mesmo à procura do conhaque na sala de jantar.

Este livro foi composto na tipologia Warnock Pro
Light, em corpo 12/17,5, e impresso em papel
off-white no Sistema Cameron da Divisão
Gráfica da Distribuidora Record.